天野英詩集

Amano Ei

新・日本現代詩文庫

148

土曜美術社出版販売

新・日本現代詩文庫　148　天野　英詩集　目次

詩篇

詩集『神話的フーガ』（一九七四年）抄

詩集『風がゆれる』（一九九一年）抄

詩篇

詩集『神話的フーガ』（一九七四年）抄

ジャズの海

ボクは海がおぼろげに空とふれ合うかのように
見える水平線を見ながら一人コーヒーを呑み
ジャズを聞くのが好きだ

テナーサックスは
甘美な幻想を引きつれボクの内耳にしみ透る
それは
夜の悲劇の序幕だ
はるか遠方より現在を呑み込む
潮騒にも似たリズムはあって
あふれる虚構の涙を運んで来る
ドラムスは
いかなる暗示もともなわず
乾いた現実を引き裂き
いきなり
ボクの心臓の中心で炸裂する
その時ボクは
ボクを取りまいているのが海であるように感じる
或いは
ボクの存在は波または音楽であるのかも知
れないのだ
ボクはいわばジャズの思いのままに
墓地を巡る
すると夜は夜で
うす紫に化粧したあじさいの花を
さまざまな地平に蘇らせる
ジャズはまた
ナイト　トレインの息づきのように
きっぱりとした波紋を
夜のしじまに刻み続けている

虚構の夜

夕陽に染まる海の広さを抱いて　夜が運命のように始まった　そこには酒が用意されていた　私と女は全ての詩人と全ての画家達と同じように　静かに盃をかわした　女は上から下まで黒い服装をまとっていた　女にはほほえみがあった　だがほほえみはかなしみの色彩でもあった　かなしみは私を誘惑するにふさわしいもっとも神秘に満ちた門である　門は開いていた　私が新しい世界を獲得する為には　一歩その門をくぐることでこと足りた　夜がいっせいに花ビラを開き　閃光が夜空を切り裂いた　女は砂浜に白い太腿を開いて　期待もなく　恥じらいもなく　かなしくほほえんでいた　女のほほえみのかげで　ビーナスの燃える噴水があった　女のほほえみのかげで　夜が闇よりも深く沈黙を守った　私達は愛のフォルムを完成させる為に　波のようにかさなり合い　はてしない現在を燃えつくしたいと望んだ　虚構のドラマのように　現在こそ　はてしない永遠そのものなのだ　肌の流れにそって夜の地平のように砂の涙が光っていた

夜明けを拒否して　夜が繰り返えし虚構の夜を運んで来た　私達は　まどろみ　コルトレーンのサックスの旋律をさまよい　名もない星の乾いた涙のように　虚構の夜の　そのかなしい構図の中に　ひっそりと立った

まどろみ

太陽をとりまく蒼空の空しさをふきはらいたいと　まっ赤にうれたリンゴにそっと歯形をつけて

みる　苦い汁が流れて　地の土をくさらせ始めた　ボクの手にはいつか黒い血が　ベットリとついていた　夜の扉が開く　目の前にはてしない砂漠がある　ボクのものである夕陽の丘の上に手を乗せる　これから歩いて行く　神話への旅路をせめて　寒い日には肌をあたためてくれる森の妖精がやって来て　昼のけだるさを　夜の戯れへとボクの精神を傾斜させてくれるなら　ボクは酒を飲みさりげないほほえみを夜のやさしさへの贈りものとしたい　そして地表の深い亀裂に心からのくちづけをもってむくいよう　蠢めく野や山のはるかな地平にボクの手足を滑らせ　星達のくすぐるような笑いの中で　何もかも忘れて眠れるなら　ニヒリズムの深淵でボクはボク自身神となる日を夢見るだろう　目覚めの時には朝焼けの空に大きなアクビを投げかけるのだ　あたり一面の墓地でもある丘の上から　寝ボケた灯のともる民家のほうへと下りて行く　そこから　空につながる地のはて海の水平へと飛び立つ　ふつふつと湧き上がる雲を越え　まだ足を踏み入れたことのない他国への旅に憧れ　ガランドーの昼の空を飛行する　かすかにふるえる光に抱かれ　ボクの涙は乾いている　ボクの影が恋人の肌のような海面と交叉して　ボクの肉体が愛の記憶へと垂直に落ちて行く　そこは　暗黒と等価の白紙の頁であった

ボクはふるえていた

ボクはふるえていた
寒かったからであり
またそればかりではないのだが
一人歩く
さすらいの旅が

ボクのふるさとへの歩みであるとしても
夕暮の墓地をさまよう時
一面の墓石におおわれた草木の繁みが
なぜ　ボクの心にやさしいのだろう
さまよい
さまよいの中を
意識の谷間をぬって闇と霧の中に立つ
深く透明な鏡の幻影がある
いつまでも黙っている夜陰につつまれ
眠りもせず
コトバも出さず
いくつもの墓石の間を歩きながら
ボクはふるえていた
寒かったからであり
それればかりではないのだが
さすらいの旅が
ボクのふるさとへの旅であるとしても

一人になることが
一人きりになってしまうことが
はたして意味があるだろうか
丘の上から灯のともる街を見ると
街は愛の記憶を呼び覚ましているので
続く丘の道が
恋人よ
あなたとの愛撫の道のりに思われたり
するのです
さまざまな手と
さまざまな足が
さまざまな形でからみ合っている繁みを
歩いて行くと
地表に深い亀裂があって
谷底には神秘の水が流れている
だが
谷間へと降りて行くボクを待っているのは

きまって海か
さもなければ砂漠である
なぜだろう
歩く歩行の距離と
さまざまなものたちとの出合にもかかわらず
たどり着く地点が
いつも海であるのはなぜだろう
海である砂漠
砂漠である海
海と砂漠の
愛戯にも似たドラマチックな交わりを
見るのだ
そこには
悲劇と喜劇の数知れぬ誕生がある
笑うことも泣くことも
さしたる変わりはないだろう
そうだ

旅はドラマとドラマの間を跡づける
一筋の軌跡
ボクが歩く歩行の距離は
はてしない地平にしるされる
瞬間にも似た時間の軌跡であるだろう
ボクはふるえていた
寒かったからであり
またそればかりではないのだが
闇に縁取られたけもののような海
静かに
除々に深く海は色彩を失い
物音はとぎれ
希望も失望もない空虚な時間がある
心臓の鼓動よりも速く
カオスの中の存在をふきぬける風がある
とぎれとぎれの意識の中に
希望よりも深く　遠い旅への誘惑がある

ボクは何と叫ぼう！
ボクには呼ぶべき
神の名も
仏の名もないので
涙が一時の心の空洞をうめるばかりだ
ボクはふるえていた
寒かったからであり
そればかりではないのだが
というのは
ボクの欲望はいつも覚めているので
眠るために歩みよる浜辺には
ボクを抱き止めるために
海ができるだけ大きな手を広げていたり
するのだ
ああ　何という充足！
ボクの目の中に
消えない
砂漠の海がある
ボクの網膜の裏に
消えない
夜の星空の
神秘のほほえみがある

魚に

魚よ　生きているんだね
けして悪いこともせず
良いこともせずに
重い塩水に閉ざされ
よどんだまなこして
無気力な遊泳にふける運命の魚よ

お前は

どこかそんなにも人間に似ていて

大古の化石をなめながら
自閉の世界をさまよう
光もなく　色もない
深い海の底をはいずり
沈黙の寒さに抱かれ
眠りに続く
自閉の世界をさまよう

化石し　化石し　化石する
魚よ　お前は
どこかそんなにも人間に似ていて

誰もいない砂と水とのふれ合う地点に
生まれた
今は夜で
おそらく明日も夜で
そんな中で
あまり大きな目を開かないほうがよい
海は広く　あくまでも深く
自由なのだ

おお魚よ　お前は
どこかそんなにも人間に似ていて
鏡のない
自由という檻の中で
化石の時を待つ命よ
お前
帰るところはあるのか

沈黙

ボクハ虚妄ノ光ヤ
愛ナドトイウ欺瞞ヲ求メタリハシナイガ
ボクノコトバガ空間デ屈折シ
友等ノ体温ヘト溶ケ込ムコトガナイノデ
ボクハ
ボク自身ノペニスヲニギルホカハナイ

酒ダ　！
酒ダ　！
酒ダ　！
腹イッパイ酒ヲ満タシタ揚句
コノ先　ドノヨウナ情熱ガアルノダロウ

労働ヤ建設ガ
ボクノ存在ト何ノカカワリガアッタダロウ
ゴラン　ドライト謂ウニキワマル
ヒビ割レタ文明ノ世代ヲ尻目ニ
青空ガムナシイ
アノ空ヲ見テイルト
ドコカ夜ノ地帯ヘト逃レタクナルノニ
アア　青空ガ　アノ頂上ニ住ム太陽ガ
否定シ得ナイ明ルサヲ地上ニ投影スルト言ウ
コミカルナ現象ヲ見ル

ソシテ
ボクハ群衆ノ中デ笑ウピエロデアルコトニモ
イヤ気ガサシタ

ボクハ独リナノダ

裸ノ木々ヤ

コツコツ音ノ響クサビレタ歩道ニ
鏡面ノヨウナ氷ノ沼ニ
テーブルノ上ニ置キ去リニサレタ　アマリニモ
透明ナグラスニ
ソンナニモ似タボクノ存在デハナイカ

ボクハ何ト叫ボウ

否　否

ドロドロトシタ気流ノ淀ム日没ノ海辺デ
言ワバハルカナ夜ノ地平ヘノ祈リヲ込メテ
ボクハ　自閉ノ世界ヘト降リテ行コウ

ソコハ
異邦人ノ酒場ダ
自由ダ
反逆ダ
寂寥ノ海原ダ

影

君は誰
ボクの乾いた心にささやき
ボクの命の寂寥の枝にとまるのは
誰
冷えた海の海面にやって来て
風を呼び
心をさわがすのは
恋人よ
ボクは君をはっきりとそう呼んだ
だが　恋人よ
君のほほえみは虚飾

君のふるさとは君のほほえみの蔭にかくれて
見えない
君の渾沌を
君の命の無明を開く役目を
ボクにさせようというには
君は　おだまり
その甘えるような瞳を閉じよ
今日にも過ぎ去ってしまう
かげろうよ
はるかに息づく
愛という虚構
涙と交叉する存在の神秘よ
君は誰
ボクの心の平安と
ボクの論理に反抗する
君は
しかも

肉欲を拒否し
人形のように笑う
君は
自閉から目覚める人のように
青空に雲をまき散らし
開いた谷間の花に
口づけをする
君は
深い無数のひだを持ち
森のように存在を覆い
真夜中しのび足でやって来る
はるかな昔の
昨日の
今日の
生誕の孤独
愛というピエロの
笑い出す狂気

傷口を染め写っている天国の情景
愛欲を覚まし
神はまた悪魔でもあるということを暗示する
君はまた
ボクの情念のふるさとにやって来て
奇蹟のようにボクを目覚ます
しかもまだ君と抱き合ってもいないのに
去ってしまうという君は
君
どこへ行くの
ボクの心に渾沌を残したまま
そして君は　君こそは
冷たい神秘の鏡
星のように淋しがりやの
ボクとかさなることのない
ボクの存在の化身のようだ

幻惑

コバルトの空　オレンジ色の太陽　ボクは天草の橋にもたれ地中海を夢見る　古ボケた建物と　大きな手の老いた木々の化物のような誘惑　岩陰から吹いて来るフルートの夜風　眠りの中からボクを呼びさますもの　真夏の誰もいない砂浜　真赤な夕陽の海　浜辺に長々と横たわるボク　繰り返し繰り返しボクの足を洗いに来るバロックの波動　なまあたたかい夜の気流　ボクの手足や首にからみつく野獣　ゴムのようなボクの肉体　放心する　華麗な星屑の雨　高原の草花　眠っている　遠く木陰からもれる教会の灯　密林は獣《けだもの》　草原は黒いジュータンのようだ　今宵ボクと　歩こう　建物の中に身をかくしたままのお前を　ボクは今も求めている　今宵祭のように明るい夜空

街はふるえ　深いヒダを持つネオンの海だ　自由よ！　ボクはお前の名を呼び続けるだろう　ボクは子羊　ボクは渇き　砂漠の孤児のようだ　カーテンのすき間に笑いを残し　消えるローソクの炎　フラスコの中にすぎない宇宙　やがて虚無に等しい時間に出合う　太陽の透明な光の中ですきとおる存在　地にへばりついたボクの影が笑い出す　風が吹いている　汗まみれのシャツを着た漁師が家路につくころ　町の家々の窓には灯がもれている　ボクは理由《わけ》もなく出合った花売り娘から一束のカーネーションを買った

酔いどれの夜

酔いどれの夜更けの散歩道　月の光の　白い線形をなす丘の道を一つ一つ光りながら　ふるえ　渦巻いている星達に抱き止められたいと　酒をたっぷり含んだからだを引きずりながら歩いた　遠い空で光る稲妻が存在の空しさを引き裂く　夜がどれほど深い亀裂の谷間であるとしても　チャペルの灯や　鐘の音が　ボクには　はかない流星のように　限られた時空をうめる一時のイルミネーションに過ぎなくなってしまったので　あたり一面　けもののように黙っている山と木立の繁みより　水に濡れた白いドレスをまとい　妖精とも思われる女が　ボクを殺す為に　そっと近づき　愛をささやくとしたら　ボクにはそれを拒否する理由はないだろう　天体の静かにゆれている夜　目の前にはきらきらと光る川が流れている　星屑が落ちてきて親しかった友の死を告げる　カムパネルラの死だ　酔いどれの夜　ボクは今も一人で歩いているのだ　足の下にはいつも死の海が横たわっている　そう思った時　いつまでもさりげなく

生きていたいという気持ちになった

夜の橋の上

今日もよごれた靴をひきずって
夜の橋の中央に立った

ボクはゆれた
ボクの影がゆれ
ボクの手足がゆれた
徐々に広がる両岸の中ほどで
ボクはゆれた

ボクは夜の橋の上

少しばかりのさみしさと
少しばかりの戦慄の後に
何故か
乾いた砂のような白紙の頁に出合う
信じるものがないという左手に
信じないものもないという右手を合わせ
合掌した

やがて広がる夜の中心へと垂直につきささる
物体でありたいと
不動の夜をめぐると

ボクの内部に
冷たい水の流れがある
暗い夜の予感をふくらませながら
横たわる川の広さがある

ゆれる

ボクが祈る手のひらで
ひろがりかける夜がゆれ
茫洋とした星空がゆれた

それは眠りへの戸口であったか
あるいは　また
ボクにはカムパネルラに出会う
必要があったのだが

名もない橋のさみしい空間で
ボクは意味と無意味との区別を失いつつあった

くるめく情念の中心で
夜がさらに深く闇をふくらませていた

確実にやって来る夜明けについて

夜の次が昼でなかったら　人は夢を見ることがないだろうか　湖は霧につつまれている　僕の口づけを拒否したことのない女《ひと》　だが僕は彼女を愛しているかどうか考えたことがない　君の瞳の何という光　街灯に照らされる幼児のようなほほ　人形のような純心　桃色のマニキュアとオパールの指輪　あっ　君の目の下にほくろがあるね

僕は語りかける　確実にやって来る夜明けについて　真昼の味気ない演技について　結婚や結婚生活について語る青年たちについて　月ロケット又はコンピューターについて　文明と呼ばれるあらゆる建設について　何よりも、昼は虚構にすぎないということ　昼間僕はジャズを聞きたいと思ったことがない

「あなたと二人きりで山の中で暮らせたら」といった女《ひと》は　次の日、僕に逢うことを拒否した　何故なら彼女は婚約をしていたから　僕はきっぱりと答えてやる　神は初めからいなかったのだ　すると、友はにたにた笑って、君は信者だという　そんな希薄な空気にふれながら　僕はタバコに火をつける
そして、何よりもピエロの演技こそ望まれる現代　屋根の下の灯の中でいとなまれる人間の行為について考えてみる　明日への未練　愛といい、平安という名辞　仮死状態のことば　安住の砦　存在の空洞　生存ととなり合わせの社会と呼ばれる巨大な幻影
女は静かに笑む　僕の手が彼女の神秘へとのびる　未知が海のように広がっている　沈黙！　夜が深いひだを形成する　原始の、僕はアダム　砂浜に裸身の体を開いて　僕は星空と大きな砂丘を夢見るオレンジ色の黄昏　実は今　僕は何も見えない　幻想とロマンの渾沌　不安への架橋　精神が感動を超越する　夜明けへの傾斜
サランにつつまれたスピーカーボックスからやって来るバロック音楽の調べと共に　目覚めの時は来る　女はきまって夜明けに答えるのだ――私まちがったことをしました
ガランとした朝がにわとりのにぶい声によって運ばれ　置き忘れられた夜の白いシーツは目を覚ます
雨戸を開けると、アジサイの花が露に濡れている

神話的フーガ

詩論ノ広場ヲ巡ルト
神々ノ世界ヲ通過スル光ノヨウニ

そこに空があった
空に写しかえされた目があった
そこに虚ろな創世記のドラマがあった
しかしそこでは愛のコトバは不要であった
そこに目があった
確かな空白への鮮烈なる視線が
空の広さに拡散される

詩人よ
詩を考えることは詩を予感することか
詩はしかし闇の姿そのままに
真昼の光の中に隠れている

詩集『風がゆれる』（一九九一年）抄

落日

過ぎ去ろうとしているものがある

頭を垂れかける
盛夏　笑顔が希望のように輝いていたひまわりの
花
夏の思い出を種子の形にあたためながら
萎《しぼ》み　確実にたわむ

西空を紅に染めて　赤色だけの光体となる大きな
夕陽
傾き　落ち始め　消えかけて　消えない
静止と思わせる弛緩の時だ

せつなさが淋しさに重なり
淋しさは哀しみと混り合い
充足が空虚へと切り換ったのはその時であったか

暗々とした幽閉の昏き世界へ　沈み行くものたち
妖気が人を失神させるかと思わせる山々の　静寂
人気の失せた浜辺の　波の　音
形をぼかし　ただ遠い広がりとなる地平線
ルリ色に輝いていた沼
鬼女の手が水面を撫でる
にぶい誘惑の瞳であった
ほの昏い対岸は未来の予感にふるえ
ざわめくブナの林だ

私の掌があたためている器の　底の　底

陽だまりのような追憶の野原がある
西風が花の香を運んで来る
野バラの咲く繁み
影たちのように　飛び　跳ね　たわむれた
川の流れの中を　明日も知らずしきりと歌を唄い
あった
別れの時「楽しかった」と言った女《ひと》
涙の滴が一筋ほほを伝い始めると　それをかくす
ように
満面夕陽のように笑った女

西空いっぱいに満ち　広がる　青春の血
燃えさしのカンナの花
さよならとも言わず　やがて確実に失われ行く色
と香

出船の航跡を追って　否　何も追うものもなくな

って
どれほど長い時間海を見つめていたのだろう
防波堤の向う側の波の音
旅客機の見えなくなった後の白々と光る空間

丘の上に立ち　見えぬものへと思いを巡らし　できる限りの目を開いてみれば　そこは　ついには自らの空白の風景である

私の網膜のすみに帆船の白帆がゆれている

ナルキッソス伝説に

運命の森に　化石のように眠る神話
球形の伝説　それは　私という闇の中を続いている　一筋の湾曲した道である

恋とて知らぬ少年を　花と虹と西風とがやさしくつつんでいた　歳月もまた　さりげなく　霞のごとく過ぎ行くばかりと思われた
或る日　少年をせつなげに誘う影があった　彼の心を乱し吹きぬける風があった

森の　泉の
鏡の中の
彼自身との始めての　出合いの日
突然のように
世界が神秘的せつない息づきとなった
思いは　得体の知れぬ迷路へと
暗々としてはてしない水中の深みへと
キリキリと進んだ

昼はさまざまな声音で鳥がさえずり　夜はへびの

ようなものが群れをなしのたうちまわった　賛美
の女神もそこへやって来て　美しい歌声を聞かせ
たり　ビーナスは極限のなまめかしい振るまいで
誘ったりもしたが彼の石のような姿勢は動かなか
った

ドアが閉じられる　錠が掛けられる
最早　外部の誘惑は不要であった
一途に　自らの虚構の位置へと
矢となり落ちて行く
誰も後を追うことはできない
仮死へと　言い替えるなら　彼は神にも見放され
た

腐ってゆく果実
その内部で夢見る種子
時はまたたき　たわみなどして流れ
暗い存在の接点をすりぬけ曲がる空間

目覚めのように突如割れる果実
果実の中の彼の小部屋
小さいままに宮殿の広さなのだ

閉ざされた世界
一つの球体　球体の神秘
世界はそこから生まれる説話を待っている
世界の眼差しが眠る球体を見つめる
均衡を破ること　つまり新しい神話が生まれる為
に
球体の内部では
もう一度　眩暈のような死が必要であった

街

街が眠っていた
いつからともなく眠っていた
その街で一匹の犬が啼いていた
風が鳴っているのではない
犬が啼いているのだ
風は静かに時を動かしているだけだ
一人の人間がその街を通りかかる
人は犬の啼き声を聞いた
人は風の音を聞かなかった
街には犬の啼き声があったが街は眠っていた
一人の人間の靴音と
もの音を立てない風があった
人の靴音は夜を広げていた
街には門がなかった

街には壁がなかった
人の靴音は街を広げ
街は夜と区分けがつかなかった
街は夜であった
風は人に語りかけなかったので
人は黙って歩いていた
風は何ものにも語りかけなかったので
街はあまりにも静かだった
ただ犬の啼き声だけがその街にあった
犬は啼き続けていた
夜が際限もなく続くかのように啼き続けていた
犬の啼き声は街のすみずみまでしみ透って行った
街は夜であった
そしてまた街は犬の啼き声だった
その街に
一人の人間が歩いていた
人は夜そのもののように　また影のようであった

ひたすら歩いていた
その歩行はきわめてゆっくりであったが
歩行の距離ははるかな道のりであった
その街に　音もなく吹き渡る風があった
風は静かに流れ　街を重い闇でつつんでいた
その街に　犬の啼き声だけが響き渡り
その為　街は犬の叫びそのものとも思われた
その街に　影のように通り行く人と
音もなく吹き渡る風とがあった

　人の意志ではない重い一かたまりのものが
　どさりとおろされる
　重い音が街に突き刺さった
　そこで神話が止み終るように

街は叫びであることをやめていた
街で犬は啼かなかった

人の靴音は聞かれなかった
人の靴音は消えていた
街は夜であることをやめていた
街は夜ではなかった
街は　眠ったまま目を開いていた
街はうつろに目を開いていた
その街に風が吹いていた
街には
さまざまな石や　公園
さまざまな寺院や劇場の建て物があったが
すべて死んだもののようだった
ふりしきる陽ざしの中を
ただ風だけが吹いていた
だが風は街に語りかけたりはしなかったので
街は街のまま眠り続けていた

ユトリロに
〈モンマルトル風景の印象〉

建物に染み付いた旧さが
そのまま　あなたの哀愁の風景となった
モンマルトル
道行く人達の何と言う静かな歩行
そこでは哀しみが永遠的寒さへと傾いて行く

コタン小路の奥手には
これから私も　少しばかりじみな服装で
一段一段しみじみ登ってみたい
そんな階段が待っていて

やがてミューズが雪の結晶となって降りて来る予
感を帯びて
街角
微風がかすかにほほえみかける
すると哀しみは
私の内奥の
おそらく私自身の哀しみの位置で
ピタリと静止する
それは紛れもないミューズの仕業かと思われた

ユトリロ
あなたは
モンマルトルの寒いポエジーとなったのです

アイオーン

打ちのめされる
或いは神々の戯れる足音に眩暈する

ひれふすように歓ぶ
会堂の高い位置にある開いている窓
明るい陽差しが神秘的に差し込んでいる
楽隊の白いユニフォームがさらに白く光る
会堂いっぱいに響きわたるカンタータの和声
その大音響に大地は新鮮に反応し始める
丘や林や森のいたるところで木々の枝々の
はじける音が芽吹く
波のうねりのごとく燃え立つ春
陽の光は滝となり溢れ
福音がどかどか降りて来る
天使らの舞い踊る中
私の心は落ち葉ほどの重さもない
私は波　私は音
私は光だ

*

手を伸すと泉がある　水面に口づけをすると泉はあやしげに笑う　その笑い顔がキラキラと光る波の面となる　波の面はごく微かな粒子へと分裂する　それは砂であった　砂ははじけるように踊り　光りながら　舞い　飛散する　やがてそこはついに空洞だけが残る　私がそこに眠るためのたしかな場だ

ノート

いとしさを込めて手にした　白紙のノート
開いてみるまでもなく何も書かれていない　白紙のノートだ

私は白紙の意志にそって　紙の広がりへとただよう波又は砂であることを望んだ　無垢のままに
「淋しい」と口ずさむと
「淋しい」と答える
「愛」と口ごもったりすると
「すてきよ」という
空《そら》の野原で　言葉たちは互いのやさしさを確認し合っていた

踊りのような軽い時が流れていた
私はペガサスの背にまたがり
ヘレナの湯浴みの姿をさがしまわった

地球が大きな水溜りに見える
月が映っている
黒い月　と思ったのは私自身の顔であった

冷たい気流が足もとから吹き上げてくる
突然　谷間は霧につつまれる
深まりゆく世界の中で　私は一人であることを知らされる
目覚めるということの意味が　朝焼け空の方角から
私の内耳に　風のように運ばれて来た

静寂の中　海の波音
なぐさめともつかぬリフレーンがあって
ザワザワ私を招くような気がしたのだが
近寄ってみる　当然のように何もない
心の未練が思わせたのだろう

突風が私という存在をまるごと砂で埋める

ゼピュロス*は一夜にして　街を黄金の雪でおおっ
た
最早瞼を開けていることはむずかしい
私は窓を閉じる
それからゆっくり　あついコーヒーを用意する
書いてはまた書いただけ消し込んだ筈のノート
は　捨て去れぬ重みにところどころいたでを負い
ながら　すっかりよごれてしまった　ではなく
〈よごれてしまっている〉というのは　ノートは
私が書こうとする前にすでに書かれていたように
も思えるのだ

＊　ゼピュロス：〈西風〉という意味のギリシャ神話の神の名

鎧戸の中

〈沈黙〉

限界がないという非限定の言葉で象徴される神
は　あらゆる神話の中心の思想を形成する　だ
が　決してドラマとなることなく　神話的ドラマ
の外側を常に闇の形でおおうものがある　それは
沈黙と名付けられる

〈空白〉

日常の重みをさっぱりと切り落すことができたら
と思った時　空白という言葉との出合があった
明けきらぬ朝を前に　言葉はあまりにも静かに晴
れわたっていた　その静けさは茫洋と広がる海の
波音であった

〈試み〉

私は私の内部へと垂直に降りて行きたいと思った　未来から私に語りかけて来るものはない　おだやかな夜　私のからだが足のほうから除々に何の抵抗もなく闇の広がりへと溶け込んで行く

〈やご〉

私が沈黙に抱きとめられた存在であることを見つめる時　私は平安と戦慄との奇妙な思いにかられる　しかも私には何も見えて来ない　私はいまだに眠りの中にある　見開いた両目の激しい渇きにもかかわらず　いつ目覚めるとも知れぬ眠りの中にある

セピア色の薄暗き

セピア色の　薄暗き東空　海の彼方
かすかに色づく雲の姿
気が付くと　波の音

いかにも静かに
〈朝〉と語りかける辛夷《こぶし》の樹
枝いっぱいの白き花　リンと登り

どこか死人のにおいがして来る

夜明けとは　よみがえりのことだ
死せるものたちの　よみがえる時だ
澄み切った光の散乱は　ガイコツたちの微笑
過労の時の流れ　刻々時代の中を白んで行く

暗き穴の中から　数多い穴の中から
シュワ　シュワ　シュワ　と　音響き
地を這うレクイエムのようだ

私は二重に仮面をかける　翁の面と道化の面とだ
手には　愛と愛欲とのエキスを詰め込んだハンデ
ィーポットをかかえ　ふらりとおもてに出る
地下道を通って噴水のある公園に行くのだ
そこで古傷をなめるように　ポットの蜜をしみじ
みなめる　私の過去へと流れて行く月の光

静かだ　ピーンと張りつめた街の空地
或いは悪夢のようにふるえている夜の劇場
鼓が打たれる　笛が泣く

セピア色の薄暗き　東空
何ものか　訪れの気配がある

鼓が打たれ　笛の高き音渡る
風と光とが交りゆれる
妖気ただよう

悪感が走る　吐き気をもよおす
はげしい寒さに見舞われる
仮面がゆらぐ　仮面がゆらぐ
私が私でなくなる錯覚に落ち入る
私は何も待ってはいなかったと気付く
熱病が去ったのだ
私を置き去りに　風の音は凪いでいる

欠落

空がある
誇らかに澄み渡る空

コバルト色の光彩を放ちながら
無言の微笑を天上のすみずみに隠して
信じられないほどやさしいまなざしの
空がある

海岸線に沿って広がる白い砂浜
砂の上で　私の影がくっきりとした輪郭を採る
影こそは私の存在の明らかな証である筈と足を運
べば
影も私と等量の移動をする　当然すぎる条理がな
ぜか悲しく

　石の蔭に足早に隠れたものがある

そう感じたことがそうではなかったということだ
ってある　――意識の裏側の闇の空間で　何かが
底深く失われるということだってある

立ち止まる
明るすぎる風景の中で　かつては厳粛な神事も行
われていた　長くつらい生活を通って来た人の
はれの日を迎える神妙な　顔　すべてを受け入れ
たもののように
〈これで良い〉と語っていた

投げ落された小石
流れの底にたどり着き　まばたきをする
遠い日の思い出は　水の流れのままに
流れ消え

風が吹きぬけて行ったように思われて
砂の上　ふと目覚める
変わらぬ陽差しだ
藍色の海だ

波頭を金色に光らせ　笑っている
　明るい風景が悪いという理由はない　私
　の心が明るさの中へと翔んで行けないこ
　とが　淋しいというにすぎないのではな
　いか

何もない
遠い視線の彼方　そこに少年の日の私がいない
乾いた砂の上に立って　あると感じていた私もい
ない

コバルトの空と藍色の海
その輝きが一層　私の心を空虚にさせる

振子

何も始まるものもなく
繰り返し始まることの
哀しみがある

振子の運動が不意に気にとまる
往っては
きっちりともとの位置へと帰って来る
惑いを知らないようないとなみの哀しさ
そこに
平安がしっかりと日常に染みた私自身を
見たのかも知れなかった

私は考えることをおそれる
充足の時がさらに続き　歩行が意識されないほど

に
軽くなることが　怖いのだ
怖いから
故に問うてみる必要はないか
「充足って　何?」と
それは　私に可能な一つの行為として
私に問われる問だ

或る落下が瞬時私を見舞う

夢を見ていたわけではないのに
まばゆい朝陽が窓ガラスいっぱいに差し込んでいた

何かが始まったのではない
こたえが一方的に遠のいただけだ

ミッドナイト

ミッドナイト
人気も消えた公園に
ちろちろと青赤い炎が踊るよう
黄金の国から挨拶をする少年の　叫び
背後ですすり泣く　声

少しばかり開いている窓
オレンジ色の重いカーテンをくすぐる微風たち
カーテンの内側では　少女
鏡と向き合っている
少女が　その日の出来事を思い返す時
鏡　巨大な夜を従えて
くすりと笑う

少女　蒼い顔した少年に出会う
互いの言葉はなく視線だけが瞬時交わる
少女　強い誘惑を感じる
風がひゅーっと　少女を取り囲む
またたく間に少女　枯葉に被われる

車の音は聞こえない
風がたえ間なく啼いている
少女　その日しみじみさみしいと思った

ミッドナイト
人気も消えた公園に
ちろちろと青赤い炎が踊るよう
黄泉の国から挨拶をする　少年
かなしそうな貌で笑っていた

目覚め

私の内部の
夜明けの街
吹きぬけて行く寒風は
神話のように軽やかに
街の扉をたたく

葉を落し終えた　ポプラの樹
ポプラの主幹にそって
静かに立ち昇る朝
冷気に　梢はふるえ
何事かつぶやいている

まぶたが朝と眠りとの間を行き来する
街がゆらぐ

ルフラン
静かな光の中を
風はいつまでも　やさしい手を動かしている
ルフラン
その明るく静かな音楽は　やむことがない

戸惑いと虚脱のはてに
思いがけなく立たされた静かな明るさは
何かを隠して
そこから
どのように希望が見えて来るのかさえも隠してい
る

＊　エピメテウス：ギリシャ神話のプロメテウス（先見の知恵者）の弟で、後にパンドラを妻とする。

詩集『泉』（二〇一一年）抄

落葉道

この懐かしさはなんだろう
淡い光をともない
寂しさ隠し
透明な肌寒さで
私を貫きゆくもの
このすがすがしさはなんだろう

ずいぶん歩いてきたな
おびただしい量の落葉の道
誰にも知られず
誰にも遭わず
歩き　歩いて

追憶の一つ一つが
点のように続いて
切り捨ててきた
若い日が思われてきたりするのだ
その先が見えなくなりかけている道を
歩く
歩くほどに
いま私という存在は
落ち積もった枯葉たちと
区別のつかない人気のない秋の山道である
すると　木漏れ陽踊りだし
ひんやりとした温もりの多量の挨拶を受ける

透きとおったもの
見えないけれど
語りかけて来るもの
私を見つめ
静かに笑うもの
遠い道のりの
私という影を背負って
なお
遠い道へ誘うもの

落ち遅れて落葉ひとつ
髪の毛にひらり
「もうじき陽が暮れますよ。」
そう言ったような気がする

詩のレッスン

テーブルの上に

水割りが置かれて
（それはいつもの夜の習慣にすぎないが）
その冷たい感触をなめながら
目の前の何もない壁が
鏡となって
なにかが　動き始めないものかと
　待っているのだ
ポエジーの使者が
さりげない風でも送り込んでくれたら
私はそれだけで
満たされた
気持ちになれるのだから

足元を
ゆったり流れる流れがある
川かと思ったら
たゆたい広がる海であった

潮の流れに
横たわれば
海は私を　ゆすり
身体は重力のないもののように
ゆすられ
波の内側に抱きとめられる
　しばし私は
あたりを回遊するイルカであった

手を伸ばせばコップがある
コップには水割りが入っている
飲むこともできる
ほら
冷たい感触が喉から食堂へ
沁みていくよ
時を潜《くぐ》り抜けることができるんだ

身体を強く動かせば
ジャンプして
陸地にだって下りられる

人の足音もしない
鳥は啼かない
オワオーンと犬の遠吠え
草叢かと思えば
遅い時刻の公園であった
そこを　少年は歩くのだ
暗い人気のなくなった公園
黒い大きな木の枝を映す人工池
そのような
やわらかな夜に出合うために
歩くのは
いつも
少年である私なのだ

街灯の柱に寄りかかる
じっと立っている木々たちに
こんばんは　と言ってみる
木々の葉が風にゆすられ
寂しいと啼くのだが
それは
夜が私の心を暖めようとする
この上ないやさしさなのだ
私はどんな声でも聞こえる
おはなしもする

小さな声で
小さな私だけの神さまに
聞いて見るんだ
「ぼくも　死ぬんですよね?」って
神さまは
ただ笑顔で見つめるだけなのだ

窓が開いている
私は何も考えることもなく
星たちが
話しかけて来るのを
じっと
待つことになる

休止符

不意にひび割れに気づく　と
そこはなんと深い裂け目であった
薄桃色の花びらが黒い枝にとまる
大きな裸の木々たち
無数の腕をゆらし風を呼んでいる

一瞬のシャワーが街を通って行った
　そして休止

一つ一つの雫に街灯の光が宿って
淋しげに宝石のような世界を演出する
ひと時を光り　流れ　落ちる

やがて夜の静寂が野も野の道も飲み込んでしまう
　民家の屋根も
けものたちもみな眠るのだ

白い朝となった
力なく東空に残る月
空っぽとなっている私
　　　　の

存在の重力も失われ

石

風の気紛れが
突然
不吉な雨雲を呼び込むと
海原は雷撃にたたかれた
はじかれるように二枚貝　カチリ
夢の扉が閉じられたのだ
閉じられた瞼から冷たい露が滲み出て
白いシーツを濡らした

去って行くのですね
ムネーモシュネー*　高貴なうしろ姿が
繁みの木陰に隠されて

想い出も　花の香も
落下する夥しい滝のしぶきと共に
落ち　流れ　消されて行く

モノクロの淡いスクリーン
重なりかさなって　ただ白い頁となる
「冷たい」と手を引っ込めたしぐさの可愛い女も
記憶の片隅に消えようという
一つの遠いイマージュにすぎなくなった

あらゆることばは口ふさがれ
気が付けば　静寂が周囲を覆っている
ムネーモシュネーの去った後の必然のように
置き残された一つの石
それは一塊の沈黙の深淵に見える

誰も声を発してはならない

記憶の女神が再び東の戸を開けるまでは

＊〈ムネーモシュネー〉　ギリシャ神話の女神で「記憶」の女神と呼ばれる。このムネーモシュネーからあらゆる芸術文化を司る9柱の女神達〈ムーサイ〉が生まれる。

クオ・ワディス

ことばが消え　る
ドラマは終わろうとしていた

山

周囲を静まらせ
色もなく　声もなく　匂いもなく
かたくなに
じっと座り続けているものよ

沼

波も風も去ってしまった後の君は
哀しみ色をして美しかった
無言の山を
さかさまの姿で抱きかかえ
君は静かな愛の眸を見開いて
夕刻の空に祈っていたね

太陽

今日を限りのようにあなたは
燃えたのですね
西空を赤々そめて
大きな塊りにしか見えない巨大な
黒い石に

襲いかかったのですね
あなたの燃える炎でつつもうとして

落日

野は燃えた
林は燃えた
道も民家も燃えた
穏やかだった沼も燃えた
そして太陽は
落ちた
太陽は襲いかかるように
山にぶつかり
吸い込まれるように
落ちて行ってしまった

闇

あとに歌は残らなかった
西の地平を見て立っている人々の
瞳に　憂いが広がった
それらのシルエットも消えて
それから真の闇となった

今というこの時を

今というこの時をこんなにも暗いと感じられるの
は　聖なるお方の涙が乾くことなく流されている
からなのだろうか
月が青白い顔で死人の貌を見据えるように見てい
る　ことばなく話し声も起こらず夜はさらに夜へ
海も　森も　山々も民家の窓窓も

夜の静まりの中へ
季節は疾風のように過ぎた　振り向けば歳月は激しい通り雨であった　流れをいそぎ　潮流は渦を作りもした　哀しみは哀しみのまま　愛しい人の笑顔もそのままに　追憶の箱にたたまれた
無口を決めている夥しい砂たち　向こうの岸に移り行こうというのか

闇のさらに静まったところからの枯れ木の軋る
音　フォウ　フォウ　と
茂みの奥からのふくろうの声
液状に疲れた魂は眠れないのだ

私の魂は渇き　疲れ　鼓動する臓器の辺りから幾本もの細い腕が伸びはじめ　何かをつかもうとするかのようにそれぞれに動き　迷っている

なお流される血の量　人としての血肉を持ち
消されないＤＮＡが刻まれたあなたは
闇と罪との霊とも見えるのですが

今というこの時のこの暗さは　かみさま
あなたの止まらない涙から
発せられるのですか

歪む時の影の

静かにピアニッシモのフーガではじめられる
ナレーション　鳥たちが鳴き　日の光が
大地にまばゆい光を放つとき時間はなごみのやさしさでゆったりと朝のコーヒーを運んで来るのだが
ピシリ　亀裂の気配とともにあたりが暗い影を帯びるとき　時間はゆがみ突然

黒いマントをひろげ　あらゆるものの色
彩を奪い　瞬時に暗い舞台の演出を始め
るのだ

*

きらきら光る海の
抜けるような青空の

燃え尽きたいと
サンバのリズムの
はげしい踊りの
愛も愛でないものも
浜辺の若者達の
ひと時の陶酔の

空を突きぬく勢いの積乱雲の
欲望
海は精子状の泡沫の波を
たえず岩に叩きつけている

*

風向きが変わったのだ
黒いロングコートの女人
襟を立て
家路を急いでいる

ヒュー　と寒風は吹き
交歓し合えるぬくい風景は
一変してしまった

*

祈りはなく
太陽は顔をそむけ
希望の語られることがない

青年は不安というベールに縛られ
渇き
ただ　暗い裂け目へ
落ちる物体でありたいのだ

その日
多くの奇形児を受胎する
夜の陰謀

*

すきを窺っているのは
血に飢えた黒いけもの

ただ暗い入り口に見える
夜の裂け目に　梟の声
　ホーッ　ホッ　と
吸い込まれ
夜の器から
あやしく
　垂れ落ちる液がある

*

どこからと問われれば
暗い穴を通ってと答えようか
どこへと問われれば
穴のさらに底へとでも言おうか
それほど暗いというのではないが
閉ざされた空間で

何かが起こる気配はない
すべてが死んだもののように静かで
時が微風の形で流れている

いつまでも
石のように考えている
何をといって
なにものでもないもの
つまり
空の広さまで拡散してしまう物質のこと

差し込んで来る光
光はすばやく壁の形に整列する
壁に囲まれているのは
身動きしない一つの物体
黒化し始めている肉
それは時の経過の中で
確実に塵となるだろう
壁　じっと見ている

*

夜の暗い扉は開かれた
なるようにしかならないと
男の　反逆の意思は萎えはじめ
葉を落とし終えて裸の黒い木
叫ぶものであることをやめていた

闇と　沈黙の
時空の静けさ

野に
横たわった男
やわらかな布にくるまれ

流され
やがて　淀みの場に
だが　どちらが前と言うのだろう

前へ　！

墓場へ向かっている
賢い者も
飢えた者
名声に飢えた者
急がしすぎる者
快楽と退廃を持て余す者
皆　墓場へ

「墓場って　どこ?」

「ほら　君の足元
なんだ君はもうかなり上のほう
まで墓場ではないか。」

土壁

土のようでもあり
石のようでもある
板のようでもあり
皮のようでもある

さまざまな者が来て
彼にさわる
声をかける
愛を告げ
助けてと言う
沈黙を守る彼は気高いものの

ようにも見えるのだが
一陣の風が見舞うと
囲いの中は
ただ空虚のみ

闇

黒褐色の分厚い木製のテーブルに
黒緑のビロード布がかけられ
ガラス窓の外から夜が見ている
風のいたずらで
壁にかすかな風紋　浮かび
ビロード布の上には
牛の
大きな頭蓋骨が置かれている
乾き切った骨が
声にならない声で闇と語り合っている

部屋には音がない
音がないから骨が語りだすのだろうか

空気はひんやり澄んでいて
木製のテーブルに置かれた
　牛の頭蓋骨
動きのない時間の中から
闇がじっと見ている

　――闇
闇なのに静かにほの明るい部屋である

肉

かつて神殿と呼ばれた
内に入れば燭台に蠟燭の炎ゆれ
快楽の宴の後のようにも見える

人人人人人人人
重なり連なっているのだが
それは　鎖につながれ
疲弊した奴隷たちであった

街という街を
食い尽くすべきものを求め
歩きまわる獅子の眼光に力はなく
遠い空間から放たれる雷光が
とめどなく地表に落とされる
ついには
この星が炎に飲まれる為に

レクイエム

舞台

夜の瞳が
ときおり瞬きする舞台に
ゆるやかな冷気が
降りそそぎ

並んだ貌は
どれも微動もせず
目の窪みが
暗い空間を見ている

黒い夜の布地が
空の上方から深い谷間に
まっすぐに垂れて

突然
閃光がはしる
鋭く切り立った

キャニオンの
　岩肌
予告もなしに
光の速さで
球体の核に向かって
一塊の　　石
黒い宇宙の袋に消える

森はしばらく
沈黙を守っている
やがて
夜の裂け目から
炎のようにあふれ出すもの
熱い血液
吹き上げ　流れ
海と交わり
はじけ　飛び散る

青赤き夜の
哀しげで
喜悦にも見える
　貌
水面に形なく
歪んだ笑いを見せて
　満月
風が　流れている
岩の陰
落ち葉たち寄り添い
秘密の話を始める

音楽

音もなく
息を潜める林の中から
そっと始められる

レクイエム
海面を漂い
砂浜に
たどり着いた
サレコーベの
　微笑
魂の廃墟を
いつまでも洗い続けていた
　波音も
徐々に消え
乾ききった骨の間を
無感動にすり抜けて
風は彼方の
青空となったようだ

閉じる瞼の中で

人気の失せた部屋の冷たいテーブル
土の器の中に
艶やかに整えられた花たち
器と花との間にも張り渡される
　時の鎖

昼　思い出したように笑う人がいる
夜　夢の中で追い詰められあえぐ人がいる
そのあやうい歩みを見つめる光の窓がある

器と花
あるいは　昼と夜のように
そのようにはっきりした区別もなく
かたちも

色もわからないものがある
私たちの心の裡の
見えない意識の底の
液のようなもの
たゆたい
ゆれ動くもの
気がつくと音もなく
　波
私の足が洗われている

真夜中
ただひとり机に向かう私に
寒くはないかと
ささやくものがある

聴けよ
といわれたように思われて
私の耳が闇に聴こうとする

数えている
光もみえぬ時空から
しきりと　数えている
そうか
すべてのものが
数えられているのだな

いつとはなしに
いつからとも知れず
ずっと

眠っている

眠っている

宝石の内部の気だるい空間
空っぽの部屋
あるいは廃墟となった宮殿の広間
星の音
目を閉じ　まばたき
砂漠をかけ巡る　風
風の仲間たち
無数の花粉　飛ばされ　さまよい
岩盤を打つ波の音
深い眠りの中を続いている血液の巡り
終わりもなく反転を繰り返す砂時計の
物憂い退屈の　時の　黄昏

去って行く太陽を惜しむように
一塊の薄黒い大きな模様となる数え切れない鳥たちの群らがり
三角　丸　楕円　環形を作るのは何故？

女神の夜陰に飲み込まれ色を失う宮殿の庭
自動仕掛けの時の鐘　鳴り響き

反逆者たちの声も止み
自由人たちの精神の広場からバッコスの姿は消え
古びた都市の酒宴の時は去った
旅人も足を踏み入れなくなった平原
ほろびゆく種《シュ》は再び返らず
すべてのもの純度を失い色を失う世紀
天の王宮の玉はふるえる
歪み　ぴしりと亀裂が入る
幼い王子は闇に投げ出され
王はすでに暗殺された

みながみな帰る時なのだろうか
かつていのちの源であったはずの

巨大な水をたたえた暗い湖の誘惑
迷い　姿を現した彗星
ゆがんだ軌跡をたどると
サターンの笑いもまた形なく歪んだ

ベッドタウンのガラス窓たちの冷たい瞳
街の暗い影だけを映す鏡となった噴水池
鶏も鳴かない夜明け
涙であったものも砂粒のように乾く
淋しすぎる平原の朝

恍惚として恍惚の時流れ
流れ去った歳月も知らず
あるいは
時の流れなどなかったのかも知れないのだが
一つの卵は　ただよい
眠っている

霧の中の

まだ明け切れていない高原の木々の茂みの薄靄の中に　樹齢をとうに過ぎた骨だけの老木が立っていた　それは頭蓋だけを置き捨てられた男の骨にも見えた　そこを冷たい風がヒューと通り過ぎる風を追うように　白い薄霧が従った　薄霧は霧たちを集め　一つに集まると白い生き物のような姿となった　羽を広げたと思う間もなく羽ばたき飛び去る姿勢に入った時　老いた男の骨が「あっ　オーイ」と声を発した

＊

街中の行き交う人々の話し声も　切れ目もなく続く靴の音も　どこか遠く連れ去られたように　聞

かれなくなって久しい　静まり　一つの辺境となった街を　黒い影　コートの襟をすぼめるように通って行く旅人　街灯もなく月もないのにほのかな光が街を満たしている　夕映えのようなあでやかなものではない　青い小さな星の光が街に降りそそいでいるのだ

旅人は立ち止まる――静かすぎるとつぶやいただろうか　いかにも古くなってしまったのれんを垂らして　小さな焼き鳥屋　のれんの中にはいくつかの丸椅子が置いてある　旅人はごく自然のことのように　のれんをくぐり丸椅子に腰かける　と「酒　ひやで」と小声で言う　店のカミさんと思われる女の眸が俄に妖精の微笑となる　「あんた白髪になったけど感じ少しも変わらないね　ここに私がいるってどうしてわかったのかしら」

最早そこは飲み屋ではなかった　夜風も戯れ始める東屋　置かれた小さなテーブルを前にして　言葉少なに飲み交わす二人を包んで時はいかにもやわらかだった　そこは遠い過去なのか　立ち入ることの出来ようもない未来なのか　二人にはわからなかった　置き忘れられた時間の小さな広場で二人は時おり無言で笑い　光の粒とも雨粒とも知れぬものにいつまでも打たれ濡れていた

*

「この少し下ったところに人の来ない温泉の沼があるの」足の動けない女が言った。男は答えた。「ああわかったそこへ行って二人でお風呂に入ろう」「ねぇあなた」「うん?」「ねぇあなた重いでしょ」「重かないさ」ゆっくりした足取りが温泉沼に向かっていた　しばらく会話にならないことばが交わされた「ねぇあなた」「うん？」……　そして　もやもや霧のようなものが漂う場所に近づいた頃女は言った「ねえあなた」「重いでしょ　おろして！　わたしはわたしで行くから」　すると　背中の重さがすっと抜けた　男は振り返り「あっ　オーイ」と声を発した

砂時計

人気のない部屋に　砂時計
忘れ去られることの必然を帯びて
ひと粒ひと粒の閉ざされた時の
静止した無言のつめたさよ

屋外は　晴れ
あきれるほど晴れた日なのだ
今日という日の陽だまりの
夏を演出するのは
アイオーン？

まどろむ海に
太陽は自らの分身を投げ落とす
海面は無数の光の子らであふれ
踊り　はしゃぎ
けんかもしている

空では子猫たちわた雲となり
青い絨毯の上でかさなって
目を開こうともせず
気持ちよさそう

パラソルの下に

てはいなかった。男は誘われるように、その水の面を覗き込んだ、水の面は男の姿を映すことはなかったが、男はかがみ込み、覗き込んだ。その男の背中を軽く押したものがあっただろうか。――男の姿は見えなくなった。

風が運び去ったのかも知れないのである。

枯れ木に、黒い鳥、止まり、クーと一声啼いた。

空腹と、のどの渇きで、よれよれになった男が、ある家の庭の木に倒れそうに寄りかかる。男は、家の半開きの木戸からよろけざまに、のめり、ころがる。あぁ、と声を発したかどうかは、はっきりしない。部屋は、主《あるじ》の戻ってきたことを知った。暗い夜の箱の中。そこへ疲れ果てて眠るように男が転がっている、その部屋に寒風ひゅーと、抜けていく。部屋のドアが風に押され、パタンと閉じた。

＊

小さな箱の中の夜という空間
そこは死と永遠とが完全に溶け合って
不調和のものがない
闇とは崇高なる〈時〉と等価のものと知らされる

墓の中　そこを狭すぎる空間と言うな
水が流れている
音もなく
　　さらさら　いのちがうごいているのだ
　　さらさら　いのちそのものの流れなのだ

何億光年彼方からのものであろうか　ほの暗いかすかな光が見える（足元を照らす光ではない）
遠い光の波が新しい秩序を創り始めたのだろう

　その光の源を誰も知らない
見よ
音もなく　形も定まらない暗い地平に
新しい　いのちへ向かう
長きドラマの幕が開く
かすかな神秘の光ただよい始め
そこには不安と恐怖の翳りは見えない

泉

泉よ　どこまでも静寂の水の辺　君は何という透きとおった夜を呼び寄せるのだろう　どこまでも静寂の水の辺　北の十字のあたりから　星たちの静かな微笑が伝わって来る　星たちの瞬きは君の大きな瞳の中で交わされる神秘のウインクである星たち君の面に近寄って来て　或いは君自らが星たちに近寄ったのか　星たちさらに瞬きを鮮明にして　ベガ星のあたりからはゆったりふくらみゆれる波のように竪琴の音ただよい始まる　デネブ星のあたりからはフルートの旋律　いかにも澄んだ音色で吹き始めたのはアポローンの子供たちだろうか
泉よ　君はどこまでも深い深淵にある聴覚で　遠い星に居を構える神たちの音楽を聞くのだな　今宵　静まる木々の繁みの中で　梟も啼かず　光る目のけものたちもすっかりやわらかな眼で休んでいる
泉よ　私は今宵　私という身体を離れ　君のささやくような声に誘われ　見えない羽の姿となってここへ来たのだ　君の瞳に触れんばかりの水の辺君の水面で星たちがあまりにもはっきりと瞬き煌めいたりするものだから　まるで銀河を漂う気持

ちだ　ここからだったら小熊座からさそり座まで
びっしり星の光が敷きつめられた銀河の波の中を
ただよい　どこまでも行くことができるね　その
銀河の流れに沿って　竪琴とフルートの途切れな
いハーモニーがあるんだね
泉よ　君は　数知れぬ星の川となった輝きのその
一粒ひとつぶの語らいを受け止めて　まるで君は
永遠を食べているように見える
私は知っている　私を離れ目に見えぬ姿でここに
誘われ来たのは初めてではないことを　君は私が
幼かった少年の日にここに誘ってくれたのだし
その時も私ははじめて君に出会ったのではないこ
とを理由もなく感じていたのだ
君はことばを発しないが私の哀しみを見抜き知っ
ているように　ここに集まってくるものみなが君
の限界のないやさしさを知っているのだ　いつか
私は　黒い鳥が君の深淵に向かって落ちて行き
白い鳥が鏡である君の瞳を破って明け方の上空に
吸い込まれるように消えていったのを見た　まこ
とに君は慕われるにふさわしい　かつてナルキッ
ソスもおそらく君に恋い焦がれたから　誘われる
ように鏡である君に近寄り　覗き込み　永久に君
に抱かれるために口づけの姿で入っていったのだ

ごらん　天使らさわやかな響き声で　夜空いっぱ
いに広がる賛美を始めたよ　この透きとおった夜
君をさらに輝かせるために　星たちさらにキラキ
ラ輝きだして　………
まさに　今真夜である　暗いのであるが泉には暗
い翳を思わせるところはない　泉の面には星たち
の満ち足りた微笑が絶え間なく降り注がれている
ばかりではなく　無数の星たちのいのちの化身で
ある小さなはっきりした光の粒が　泉に降り落ち
てきてさらに内部へ泉の深淵に向かう様が見える

そこでもまた音楽が始まり　止むことのない音楽の波の世界となってしまうので　泉の内側も　泉の水面と接する天空と称すべき世界も区別のないものになってしまうのだ　そうした永遠のように続く光と音のゆらぎの中で　時はまさに真夜であり真夜のまま止まったふうなのだ

森の窪地に風が吹き

森の窪地には枯れて乾いた草だけがあった　乾いた窪地には風が吹き　風が吹き　風の手で作られた紋様が生じ　新種のロマンの訪れを夢見ていた何者の息づきもなく　乾いた器の底を風だけが渦巻き　立ち上り　舞っていた　生ともつかず　死ともつかない長い時だけが重なりかさなった

生まれることの切なさをよそに　打ち抜かれたような青空が大きなくしゃみをする　すると宝石のような微粒子きらきら降り落ち散乱し舞う　その光の粒をつぶさに集めるとそもそもの始めの重力に返るのだろう　それは一つの種子の始まりというイメージ空間のことだ　その重い種子が森の眠った器に落とされる　すると夢見心地の静かなハンモックは壊され　器は底もなく淵もない存在となる　器は長い眠りを去り　新しい舞台の伝説に傾くのだ

舞台は曠野である　曠野に降りそそぐ時は広がり曠野に笑いはなく涙もなく　神の大きな手の指が高い山の頂にふれると　山は燃えはじめ熱い炎が天を目指し　そのからだはゆらゆらゆれ　ふもとに夥しい溶液をあふれさせた　高原も森も野も窪地も谷もどろどろ濡れた　その濡れた熱い粒粒は

それぞれにそれぞれの種子であった

時は過ぎ　時は幾重にもかさなり　その間　種子は種子であることを知らなかった　種子は無音の舞台をただ流れ　流れる時を知ることはなかった時流れ　行き着く先も知らず　気まぐれに暗き海に向かう影たちがある

夜の帳に風紋をゆらすものがある　澄んだやわらかな声　賛美と思われる歌声が東空に響き　あたりは色を帯び始め　ひっそり眠っている民話の格子戸をわずかに開ける手があり　微風が乙女の寝姿を超え渡る　なだらかな丘には　ひかる露が純白の睡蓮にめざめ　静かな朝　微笑を浮かべる

詩集『冬の薄明の中を』（二〇一五年）抄

さらさら水が流れている

夜の風に誘われ　夢見心地にたどり着いた場所は地底の底深い場所と思ったのだがそうではなかった　どこからとも知れず　流れている水がありさらさら　さらさら流れている　静まり返った空間に　光が入り込む穴や窓のようなものはないのに水の流れの面を無数の光の粒のようなものが踊っている　止むことなく踊っている　たあいのない遊びというよりも何か意味深い営みに見える軽やかで意味ありげな止むことのない踊り　光の粒の動きとも見えるが光と呼べる明るいものではない　水の流れそのものが闇の流れの色でありその流れにそって光子のような波動を　伝え踊り

続ける無数の粒子たちなのだ
果てしないように思われる闇に包まれて水の流れが有るということは　空虚とか　虚無ということとはまるで違う　闇の中の静かすぎる水の流れがあり　その水の面で営まれる微細な粒子たちの蠢きの　いつ果てるともしれない光景は　無意味とは対極にある何かではないか　と感じられる
神話という形を整える前の　闇の　静寂の　言葉にならないいわばいのちという時の中で　私は微細な粒子の一粒として踊り遊ぶ波動に紛れ　我を意識することもなく　永い漂いの中に置かれていたようだ

止まっている

止まっている

幾世紀とも知れぬ時を重ねた寺院の
とがった屋根のシルエット
陽だまりの広場に
影を落とし　息もせず動かない
昼下がり
やわらかな陽射しが物憂い時の停止をもたらしたのだ　旧い会堂の壁の染みは　染み付いたままにすでに廃墟となって久しい城の
くすんだレンガの色は年毎に暗色を深め
会堂の中には人気はなく
何ものの到来も待ってはいないのだろう

やぶけてしまっている旗の影が
瞬時　ヒラッ　と
動いたようにも見えたのだが

やわらかな陽射しの
物憂い時空に
置かれ
止まっている

砂丘

女神が　大きな背の美形を晒して休んでいる
流れる線形の寝姿をそっくり蔽って
　　　　　　　　微風
砂塵を　軽やかに運んで来る
　私は　砂丘の斜面を
まるいふくらみへ向かって
　　　　　　　　　　　　　登っている

青空を従える　　　　　　　　時の
澄みきった
あたたかな　　　　　　　　　　　快感

丘の上に立てば
　女神の生まれ来た　　　　　　　　海だ
アフロディテー　と　つぶやけば
言葉なく　ただあっとうされる
ふと　私という居場所に目を向ければ
ずっと
寄り添っていてくれた
　　　　女神の　柔らかな　体温

パステル調の朝の

人気のない朝の
器の中を
歩く
水晶の静けさが　野の広さいっぱいに広がる
小高い丘の上に立つ
掃き清められたような茜色の光の海も見え
嘘のようなさわやかな朝だ
両手をあげ深呼吸をする
すると
飛び跳ね
　　　背伸びをする少年の日の
私の幻影を見るのだった
かすかに朝靄のけむる繁みの中を
蝶を追い
　　　　　はしゃぎ　遊んでいる
　　　人気のない野の
朝という静寂が運んできた鏡であった
懐かしい風香とともに
半透明の映像は
少年であった日の輪郭を
はっきりと見せるのだが
私との距離を
測ったような位置で停止すると
後ろ背に木陰に隠れ
それきり見えなくなってしまうのだった

木々の背後から覗かせる
パステル調の朝の気配は
ただ明るく　さらに明るさを増して

繁みの奥から
あわれも　戸惑いの色もなく
　　　キツツキの声

花びら舞い落ち

枝先に涙色の露が光っている
思いつめたように見つめる視線の激しさに耐えきれず涙となった雫はしっとり枝を伝い
枝先で　きらりと小さな光となった
瞬時にすぎないような時の記憶を
　一ヒラ　一ヒラ　裡に納めて
愛する者の体温も忘れ去らないのに
いそがされるように
　花びら　　舞い　　落ち
色褪せることのないままに居場所を追われ

哀しくもいかにも軽やかに飛散する
数えようもない落下の量を
ひしと抱きとめるものは抒情といったやわなもの
ではない
　　瞼を閉ざし
　花びら　　舞い
一ヒラ　一ヒラ
ただ　沈黙をまもり
断念の形に降り積む花びらはあまりにも静かで
未練を振りきれず　何故と問いかける重い目線は
あり
その夜老木は終わることのない夜を耐えるように
凡てを闇にゆだね　ただ立っている
花冷えの日の
風流れ
小枝　微かに震え
「ちょっと」と小声でつぶやいたような風の声

去り行く者に　瞬時振り向かせたいかのように

＊

桜の老木　葉を落とし終えて
寒風のひゅうと吹く日
記憶の中に再び見るものは
もの憂げな少し哀しみの漂う女の影である
張りのある女の肌が寒風に震え
色気ある小声で何やら呟いている
その演技の様を見て　老木はしみじみ
充足を得るのであった

小雨の降る庭園は

小雨の降る庭園は
木々たち皆寡黙となり語りかけられることを拒む
その木々の間を人は　黙して歩き
足を止め　またゆっくりと歩く
池がある
いかにも雨を受け止めるに相応しい池である
その池に
鮮やかな古代紫*の花をつけて
たくさんのカキツバタの群生
どの花弁にもしきりと雨露宿り
辺りは　益々静かに　静まり還り
時間の流れも
停止に向かうほどの優しさである
人の心も　しっとり濡れ始め
静寂の故に感じられる淋しさは
思いを
　　　裡へ　裡へと向かわせ
遂には

すべてのものが意味をはぎ落したような
空洞色となるのであった

母は他界へ旅立った
さまざまな状況が影灯籠となって廻ったが
その気持ちに悲しみというものはなかった
淋しさだけがあった

淋しさとは　何もない空洞の感触である
その空洞の感触は
不思議と　安らかな思いであった

雨の中
ひっそり立っている木々たち
雨粒を受け止める池
池に群生するカキツバタ

いつからだろう降りしきる細かな雨の形に音楽が
流れていた　ベートーベンの弦楽四重奏曲14番
深い息付きで始まるフーガの楽章であった
曲想は不安や悲しみ・熱き悦びというものからは
遠く
雨の静けさが
　　ひととき　私を濡らした

＊　古代紫はカキツバタの鮮やかな濃い色合いに対して呼ばれた色名である。

満月の夜

夜半　中天に満月
空では星たち　無言の信号を交わしている
ほの暗い庭の周りでは

夜行性の小さな動物のちろちろ動き回る気配
垂れ布の扉が　空気のように開いて
小声で歌いながら　踊りながら
スーッと入って行く影が流れる
そこは　部屋ではなく深い森のなかであった
星たちの降る夜に
いつからだろう　静寂を従え
横笛の旋律が流れている
　　暗がりで踊っているものがある　　木の霊
たち　？
大きな暗い瞳がある　沼である
　　　青白い月の影が揺れ
こそこそ　ぞろぞろ
沼の岸辺の　原をめざして　集まって来るものた
ち　けものたち　鳥たち　へび　や　トカゲ
蛙や　イモリの仲間たち
「みんなおいでよワインのテーブルも整ったよ」
笛に合わせて　太鼓が加わり
テンポの良い鉦が重なると　そこは祭りであった
踊り手もざわざわ数が増えて　笛のテンポも速く
なってきて

今宵ここでなにやらはじまるらしい

＊

ひと時　強い南風が吹き荒れた
破れた天の窓から
スルスル下ろされたハンモックがあった
降りて来た者は何者であったか

目を閉じて
青白い顔つきの　哀しげな少女のようでもあった
が
キラキラ輝くごく軽い衣装にくるまれて
妖精のようでもあった

突風が沼の面を叩いた　見上げれば黒雲が月に襲いかかろうとしている。瞬く間に空を覆い尽くすように黒雲。星たちの眼差しを遮り、満月の顔を隠してしまうのは、不気味な異変を運んで来たということでもあるのだ。激しい稲妻が小高い丘の一本の高木を真二つに引き裂いた。けものたち、恐れおののき早々に森の翳に隠れてしまった。折りもおり、そのような天候の変わり目に、麗しい少女は沼の縁に降り立ったのだ。その姿を陰で見張るように森のあちらこちらで時おりきらりと光るけものたちの目。少女、恐れ戸惑う暇もないまま突風に襲われ、身にまとった布は巻き上げられ空に消え、と同時に彼女の身体は回転するように浮き上がり、するすると沼の水の上を運ばれ、林の木々の陰に入ってしまった。
ここまでのことは、少女が沼の縁に降り立ってから時置かずに起こったことであった。

それからひと時、雷は多量の天水をともない沼の面をたたき、あたりの森の木々をさわがせた。けものたちの瞬時見せる眼光の気配はなく。沼の水嵩がかなり増して来たというのに、妖精にも見えるかの少女はいずこへ行ってしまったのだろう。ハデスの暗い陰湿の国へ連れ込まれてしまったのだろうか。流木にすがって危難の過ぎ行くのを、ただ震え祈り待っているのだろうか。すると、繁みに隠れた沼の奥の方からなにやら威厳のある声が轟くのであった。

おおかわいい乙女よ。わたしの喜びとなる
美しい娘よ。　どれほどそなたを待ち望ん
でいたことであろう。

その声の間に、雨は止み、風はおさまり、沼は穏やかな挨拶を岸辺に伝え始めた。隠れていた月がやや西に傾きかけた位置から顔をのぞかせ始めた。月の顔はついに満月の姿を現し、上気した顔で、少し赤みを帯びていた。沼の奥まったところ、月の光を受けて、赤黒い帯状の紋様が見られた。何者かの血が流されたのであろうか。その赤黒い文様はかなりの月日、沼の水面から消えなかった。人々もけものも、沼の様子を見るのを恐れ嫌い、そこへ近寄る姿は見られなかった。

＊

神々なるものは見えない存在者としての聖性を
持つものであるが自らの力を示すため　また思
いを遂げようとあらゆるものの化身の姿とな
る　人の姿となることは多いが雷にもなる　冥
い水の主ともなる　神が冥い水底の主として
肉なる喜びを望むとき招き寄せられるのは決ま
って見目麗しい乙女であるが　その乙女もまた
さまざなものに化身し得るもの　或いは変身さ
せられる神的存在体であることは多いであろ
う　乙女は抗うすべなく抱きとめられ　冥い水
底の主はついにはその乙女を食べ尽くす　乙女
の姿は完全に失われたものと化すのであるが失
われた乙女の周囲には乙女に変わって多くのも
のが産み落とされるのである　産み落とされる
ものとは人に限らず動物に限らずあらゆる種の
原形である　それらすべて世にその存在を示す
一つ一つの命の形となる

＊

沼を囲む森のふもとにある村々の住人は　なにか
知れぬ恐ろしさを覚え森にも　沼にも近寄ること
をきらった　狩に出る者はなく　さらに低い場所
の見通しのよさそうな場所を選んで　それぞれに
地の作物で細々と暮らしを保っていた

*

沼のあるさらに奥まったところ　深い洞窟の底と
も思わせるその場所は両脇切り立った岩壁が迫る
場所であった　岩壁の突き当たりの壁には激しく
水の落下した形跡があり　崖下の水の淀んだ深い
池は滝壺だったのだろう　直射の光は届かない
暗い水面は静まり　風の音さえ聞こえない　その
静けさの中　何処からだろう水滴の反響音とも琴
の音ともつかない半ば不規則でもある微かな　微
かな音楽　耳を澄ませば明瞭な音色であたりの空
気をふるわせている

――　今日わたしはあなたになるわ
岩の陰からなのか　水の中からなのか　小さな声
ではあるが澄んだはっきりとした声が周囲に響い
た　するとこの世のものとは思えない光の粒子が
池の面を　きらきら　震わせた

――　今日わたしはあなたになるわ
そのように声を発したのは幼女とも見える少女だ
った　素裸の少女　何かに怯えた様子もなく　ず
っとそこにいたように池を見て立っている　美し
いビーナスのシルエット　少女　ゆったりとした
動作で両手を頭上に伸ばし掌を天に向けた　――
すると　天に小さな穴その穴から　キラキラ　キ
ラキラ光りながら黄金の砂粒降り始め　髪や肩

に止まりつぎつぎ落ちてくる　砂粒はね　すべり　さらさら　さらさら　少女に降り注ぎ　両腕をなで　胸をすべり　背中をすべり　腰から脚を撫で　落ち続けた　しばらく黄金の砂粒に打たれ遊ばれていた少女　彼女は輝き　全身の肌からはビーナスの香りを発散していた

*

少女　湯浴みでもするように静かに水に足をいれ脚から腰まで水に浸かる　その時少女に近づき重なる青年の姿があった　不思議なことだが　少女とは別人の青年がいつどのように少女と重なるように　姿を現したのか知るすべはない　青年は少女に　誘い寄せられたのだろうか二つの影は重なり一つとなり　胸から首筋ついには髪の毛までも水に呑まれてしまった　とその時突風がいきなりそのあたりの水面を激しく叩いた　黒雲そこから幾筋かの光の剣が落ちてきて　その池と地表に突き刺さった　それがすべてのことの始りであるかのように　雷は絶え間なく光の矢を落とし続けた　多量の天水と雷光の中　快楽の極みとも　断末魔の声ともつかぬ叫びがあった

雷光は止み　豪雨は嘘のように

見れば空には満月

乾いた太鼓の　激しく叩かれる音響き　笛の音の不協和の律　流れ　　神楽のままの時流れ

何事もなかったのではない
夥しい血が池の縁まで満ち

血の色の流れが山を下り流れるのであった
山は不気味に静まり
村人たち恐れ　話しはひそひそ　短い小声のもの
しかなかった

幾日かが過ぎて
深い森の沼に満月が顔を出し　ゆらぎ微かに
微笑んだ

少女は青年になり替わったのだろうか　岸辺の小
高い岩の上には美しい姿の男児が立っている　池
の深みに誘い込まれた青年とは明らかに別の男児
だ
男児両手を天に揚げると　その姿のまま宙に浮き
上がり見えなくなった

＊

水無月の満月の夜は　村人たちはそれぞれに明
かりを携え　森の入り口の鳥居を潜り宮の広場
に集まり満月に向かって　あるいは大きな昏い
天に向かって　その年の豊穣を祈るのだ

永い祝詞を捧げる　その祝詞の儀を終えると
酒盛りがはじまるのである　酔うほどに　笛囃
子の音に乗じて踊り始める人たちの数は増え
熱狂の踊りの様となり　男も女も半裸の身体を
汗に濡らし　月の傾き隠れるまでは止むことが
なかった　それは村人たちの熱き祭り日であっ
た

がしかし　天変となり黒雲が満月を包んでしま
うことがあり　そうなると村人たち怖れ　大き
な不安に見舞われることにもなるのだ　黒い空
から青い光がきらりひらり沼のあたりに降りて
こようものなら　その日　何が起きるかわから
ないほどに激しい雨にたたかれ　誰も雨のかか

らない場所を目指し　うずくまり　荒れ狂う天
変の去るのを待つばかりとなるのだ
——満月の夜のことは気儘なる幼児神の戯
れだったのだろうか

夏の終りの近い日

浜に立つと若者は　遠くを
海と空との交わる空間を見据えた
夏の賑わいの去った海はいい
　紺碧の空　ゆったり繰り返す波音
シャワーン　シャワーン　シャワーン
澱み　かたまってしまった心が
すこしずつ　すこしずつ　解きほぐされる
海であった

美の女神が波に乗って沖合に現れそうな予
感を湛え　恥じらいもなく胸を開いて誘うの
だ　戸惑う必要はない　これから　あの輝く
青海の大きな愛を受けに行く　そう思った

ゴム製ボートを膨らませ海に浮かべる
手漕ぎで沖を目指す　出来るだけ浜から遠く
　浜から遠くへ

左を見れば海　右を見ても海
仰向けに寝転び両手を広げる
海水の心地よい手触りがあった
海は空と区分けがなかった
気持ちが空っぽになった
昨日までのことは意識から抜け落ちている
明日と思うこともなかった

身体の重さも感じないほどに　海と空の優しさの
中で　ゆーら　ゆーら　ゆーら
　ストレスも液状に　溶け　広がり
　いつしか　眠っていた

降り注ぐ光の中から
澄み渡る女性歌手の声
アリア　―ある晴れた日に*
広い海原のどこまでも広がってゆく美しい歌声
希望が歓喜となり歌われている

すると歌声に合わせるかのように
白い天使たちのゆったりと舞う姿が見えた
貌かたちは判別できないが
伸びやかな天使らの舞い
澄み渡る女声の歌声と　天使らの舞い

　身体いっぱいに満ちる
　このようなことがいつまで続くの
　と思った

*

薄目を開きかけ　瞬きをする
瞬時の涼風が若者の意識を此岸に戻したのだ
空に雲は広がり　海は青の輝きではなかった
波がボートを時折強くゆらす

戻らなければならない　岸からかなり離れてしま
った　はっきり目を開け　渾身の力を込め　戻ら
なければならない

重くなる　　重くなる　　重くなる
何としたことだろう　力を振り絞るほどに　重く

なる身体
ボートを離れわが身を浜に投げ出した時
解放と自由という感覚は　重い疲労に消されてしまった
その日　若者に
今日という日の充足が置かれた訳ではなかった

＊

重い身体が先に進もうという意志に逆らっている
大きなものの手に引きずられながら
若者は　何度もその日の　輝く光の記憶を
しっかり脳に刻んでおきたいのだが
疲労が脳髄をぼんやり　霞ませてしまうのだ
いらいらと　幾重にも絡まりつく雑音の中で
積み上げたと思えばひっくり返してしまう
また　それを積み上げ直す
何の為の繰り返し　？
まるで仕組まれたシジフォス的のいたずらだ
　ああ疲れる　ああ退屈だ

出口の見えない
忌まわしい縄目を解いてくれるものはいないのか
澄み渡る海に開放された日はどこへ行ったのか
灰色の雨を続ける天に向かって　青年は問うのであった

＊

広いドームは舞踏広場であった
抱き合っては　再びぶつかり合うのだ
打楽器と電子楽器それに加えて

レーザー光のパッションで会場は燃えていた
男　女　の肌から　汗は流れる　とめどなく流れ
大音響と　光線と　酒に　酔い痴れ
ただ肉に過ぎないもののように体をぶつけ合い

踊り　疲れ
猥らな姿で通路に寝入ってしまう女性
　　チェロの往復運動のような鼾をかいている

夜半を過ぎて　会場はフィナーレとなった

それでも　満ち足りぬ青年たち
夜道を彷徨い　　海辺に向かうのだ
見れば　坂道の両側に半裸のシレーヌたち
微笑を湛え　寄ってくる男を待っているのだ
獲物を得たシレーヌは　客を海に誘い込み
月の明かりに　しなやかな身体をゆらし

ゆったりと夜の御馳走にあずかるのだ
浜に寄せる波音はごく静かに
　ざざ　　ざざざざざァ――

*

丘の上の教会の　夜の訪れを告げるように
　　鐘が鳴る
　　　　鐘が鳴る

*

堂のステンドグラスに夕陽の優しい光が射してい
た　その夕陽と交歓するようにチェロの調べがあ
った　終末の響をも抱え込んで
　「何も欲しいものはないのです」と

沈む心に　無伴奏チェロ組曲の何という安らかな
調べだろう

夕陽を追うようにどこまでも伸びてゆく下り道
旅という幻想に酔いながら　　ゆったり歩いて
　旅人は　対岸の城に向かうのだ

世界はチェロ組曲に包まれてしまった

＊〈ある晴れた日に〉はプッチーニの歌劇「蝶々夫人」
の中のアリア。

昏い水溜り
――あるいはナジャ＊という名の消された
女の顔

夕暮れのゆるやかな斜面を女の影が歩いてゆく
街という器が夜の色になる
風の舌たちがひとつひとつの屋根を優しく
舐めている
どの屋根の下からだろう
涙を浮かべ散り始める桜が見える

路地の小さな飲み屋から
ふらつき出てくるひとりの男
ふらふら　公園のベンチに横になる
雲間から　時折り明瞭な輪郭を示す月の顔
微風が草の繁みに置かれたランタンの明かりを

ゆらしている
男が心なしか微笑をうかべたのは
夜の優しさの底にどこまでも降りて行きたいのだった　ふらつき　歩いたが　時の長さも経路も覚えていない　現実と夢との区別がなくなっていた

夜明けが近い
窓の外に　木　小枝が微かにゆれている
目覚めると人気のない建物内に置かれたベンチであった
壁に一枚の絵がある
中心に半裸の女神の立像が描かれ
庭の小道と咲き誇る花々が画かれている
見れば　絵筆から滴り落ちた後のように
カンバスの左下隅が
不明瞭な　昏い水溜りを思わせる場所となっている
男の目はその昏い水溜りに釘付けにされる
そこには　たしか〈ナジャ〉という名の女の顔が
画かれていたはずなのに
しばらく　その薄汚れた場所を見つめると
男の貌はひどく憂鬱な表情となった

解題

壁に掛けられたその絵は、生まれたばかりのふくよかな女神の、立像の絵で、あらゆるもののときめきの始まる場所であったはずなのだ。絵の左下には放心気味に微笑む女の顔が書かれていた。（ナジャの面影の女性の貌）あるとき、なにものかが、その場所を白で塗りつぶし、空白の場所としてしまった。もとの絵柄は、人々の記憶から消え去り、時日が過ぎた。ある時そこに、自由という文字がはっきりと書かれたが、また何者かが墨色の汁をそこに垂らしたので、そこは昏い水溜りを思わせ画全体が異様な感触のものになってしまった。ある日、ナジャという名の女が、何か呟いて、リベルテと書いた。

ナジャは精神異常者として捕獲され、その後の処遇も知らされない扱いを受けた。絵の左下の部分も同様の扱いとされた感を受ける。

＊「ナジャ」はシュルレアリスムを主導したフランスの詩人、アンドレ・ブルトンが書いた代表的小説のタイトルでありその主人公の名である。
解題なる部分のことは凡て天野の創作である。

翳り

波がひく

黙りがちの
夜半を過ぎた食卓
皿に置かれるナイフの微かな音
料理に手をのばす者はなく
寡黙にうなだれ　　情もなく　　時は流れ
グラスに注がれた水を取り
僅かに含むが
改めて姿勢をなおし
座り続ける
だれも声を発しようとはしない
窓ガラスがふるえる
夜気が忍び込む

さよならも言わず
出てゆく者がある
月に照らされた道は
今宵　情けもなく冷たい
街灯は風に吹かれ
寒さに耐えている

夜の貌して　庭の池
紅モクレンの　昏い匂い漂い
液化し　抜け出てゆく　力
断念が周囲の空気をさらに重くする

凪は凪ぎ
波の音は聞き取れない
垣根越に
飼い犬の
　おーぉう　と　嗚咽の声

リベルテ*

私はフランスの詩人にならって
ノートにリベルテと書くのだ

どれほど書いても足りず
テーブルの上に
壁や　窓ガラスに
それでも足りず外に出て庭の上に
道路の上に
無気力と　倦怠の上に
断念という深い亀裂の崖の上に
高原の野の広がりの中に
できるだけ大きな文字で
コバルトの遠い空に向かって
何度も何度も
　　　　リベルテ　と
　　　書くのだ

　　*

私は疲労し前のめりに倒れそうになる

昏い霧の中に這入ってしまったのだ
昏い霧とは私が吐き出す息が作るものと思ってい
たら
そうではないことがわかった
もっと大きなもの
そう　目には見えぬ神のようなもの　の息なのだ
その昏い息が私といういのちの隅々に入り込んで
私を動けないようにするのだ
抗うことは叶わない
心は萎え　あらゆる力が抜けてゆく自分をも
意識できなくなった

＊

星の夜
森の中の
暗い池の縁に　一人の男が石に腰かけていた
暗い池には星が瞬いていた　数知れぬ星たちであ
った　空にはそれと同じほどの星が輝いていた
空の星が池に映って瞬いているのだろうとい
う分別は　不要であった
なぜなら　そこは空も池も区別なく
星の輝く場所だったのだ
静かに琴の音が聞こえていた　旋律が明快に響き
始めるころにはそれと調和を測ってフルートの別
の旋律が重なるのだった　男はしばらく聞き惚れ
ていたが　低い小さな声でハミングを始め　響き
合う和音で応えるのだ　暗い池の周りは　星たち
の瞬きと　音楽の世界となった
東の空がうす明るくなり始めると　様々な種類の
小鳥たち集まってきて自分たちの希望のような声

を競い始め　森の木々の梢はさわさわと揺れ　い
つからか星たちの輝きは遠のき　琴の音もフルー
トの旋律も止んでいた　男の姿も其処にはなかっ
た

森ははっきりと朝の顔に変わって
池の面は新しい光を受け
静かなさっぱりとした瞳を開くのだった

＊

夜の森に影のように現れた男とは
しかと見分けることは出来ないのだが
私には初めて見る姿ではないとわかっていた
彼は　ハミングもする　口笛も吹く　不思議な男
昏い影を纏って
痩せ細ってはいるのだが

瞳は静かに落ち着いて
ごく幽かな微笑を放つのだった

男　何かを得たのだろうか
彼には　リベルテ　と叫ぶそぶりはなかった
彼は　もっと自由を　とは言わなかった
歌っていたかと思えば　早朝の薄明かりに隠れて
しまう

＊　リベルテ　フランス語で、自由とか解放の意。Ｐ・エリュアールという詩人に「リベルテ」という詩があり、ありとあらゆるものの上にリベルテと書く。

プネウマ

——暗き息の中を

圧倒的な世界に置かれてしまった

圧倒的なものとは　言うまでもない　夜であり闇
である

涙を流すことも　大声で叫ぶことも意味はなく
相手は闇そのものであり　夜である
私はその圧倒的なるものに抗しきれず
目を閉じ　何かが過ぎ去ることを待つのであるが
それは途方もなく長い時間に思われた

目を開きかけるが視界に映る何ものもなく
ただ　夜であり闇であった
それ以外のことはよく解らない
ガラス窓の外側にある時間
　　動きをとめたように　　さらに闇を深めて
いる
脳は疲労し思考がどの方向にも進まない

夜風の声　さりげなく
私の固まってしまったこころにさわるように
　　　　　　　　　　　――眠っていいのよ
私は戸惑いながら　なぜ？　と
見えない相手に聞こうとするのだが
夜風の柔らかな感触は　その問いを必要としなか
った
「そうだ　一切の思いを中断して　眠ってしまお
う」と決めたのだ

＊

ぼんやり窓を見ていたら
遠い空に大輪の花が咲いた

ドーン　と　遅れてきた炸裂音に不安がよぎった

終末が近いのだろうか

＊

あるいている　あるいている　あるいている
あるいている
あるいている　あるいている
あるいている　あるいている　あるいている

都会

あるくということはどこかへ向かうということか

ねえ　みんな　そんなにあるいて
どこへ行こうとしてるの
派手すぎるイルミネーションの隙間から覗かせた
一等星の　瞬きの静けさ

――こっちにおいでよ　と言いたげに見えて

＊

死とはなにもないということとは違うだろう
光るものもなく
何ものの声もないということとは違うだろう
そうでなければ
「ラザロよ。出てきなさい。」と大声で呼ばれて
布にまかれたまま　出てくるわけがない
ラザロは死にかけていたのではない
死んで四日も経っていたのだ

死が目に見えぬ　触ることもかなわぬ他界という
ところの
ものであるとしても
永遠という時空にあっては　名を呼ばれて

「はい」と応えることはあるのだろう。

暗き洞穴《あな》

——或いは姿を顕わさなくなった時の神に

山裾の窪んだ場所には人気なく　朝には鳥たちが
新しいいのちを得たように歌を始め　昼には山猫
やきつね・野生の猿・いのししなど動き歩き　蛇
　も遊び戯れることがある

鬱蒼と繁る樹々の蔭となり
人目に付かない場所であるが　夜のとばりが下ろ
されるとあたりは静まり
魔性の息のようなもの流れ
月明かりの中　大きな暗い洞穴の入り口が見える
繁みの奥から　フクロウの声
　ホーゥ　ホーゥ

聖者の姿のような黒い姿が現われ
メデューサの首のようなものを宝物のように抱え
洞穴の中に這入って行く

狭い通路の脇に
長い髪を垂らしたダルマのように動かない僧
時の神よ　と祈っている

　時の神よ　光の届かない黒い布地の時間の
中に隠れてしまった神よ　あなたほどの大
いなる神はありません

低い声の呪文のような謡のような祈りは
終りなく続けられている

洞穴の入り口から　一人　また一人と
さらに闇の深まりを求めるように

洞の中へ入ってゆくものがある
そこから再び外へ出て来た者の姿は見ない
怪しげな処へ入っていく　人　人　人

夜という時間が過ぎれば朝となるというものではない
そこでは時は未来へ向かうのではなく
まして過去へ向かうのでもない
いわば停止した時の中で
瞬時にすべての事象が現存するようである

暗き洞穴はどこまで深く　どこまで広がっているのだろう
暗がりに慣れてくると
更に深く闇の底へ向かっている人々の姿がある
それは意志的な行為というよりも
何か圧倒的なものに引き寄せられて行く姿である

人々の魂が影のように幾重にもふれあい重なり
底へ底へ
更に深い底へ移動している

さざ波を揺らす風の音が聞こえる
遠い微細な光を受けて水面のサラサラゆれる細かな波がある
湖であった　暗がりの中ということもあり
その広さを測ることは出来ない
湖と呼ぶ以外の言葉を持たないが
それ自体が生きものであるかのような
不思議な魅惑に満ちている
空恐ろしいものにも思われる
見開かれた神の瞳にも見えるのだ

湖の縁にたどり着く人　人々
凡てを捧げる信仰者のように両手を翳し

貌は恍惚として安堵に変わり
水の中へ入ってゆく

水の中に入った者たち
　　　　　瞬時空白の時の中に置かれる

気が付くとそれぞれに柔らかな光を纏い
仄かな香りを放っている
目を開く
多くの仲間がすぐそばにいることに気付く
知らない者たちであるが
ずっと触れ合ってきた仲間たちにも思われる
互いに近寄ればさりげない握手をする

　　　――湖は生きている
多くの種子が新たな誕生の時を待っている
神の暗い息が時折湖面をなでる

すると
細かな光の粒が降り注ぐようになり
辺りがほのかに明るむのであった
うす暗いのではあるが
岸辺の姿・輪郭が現われると
岸には浜が広がっている
岸から程ないところに草花が見え
さらに離れた場所には木々が繁り
そのさらに奥は深い森になっていて
ぼんやり高い山々の輪郭も見られる

浜には　様々な生き物が水から上がってきてじゃれ合うなど身体ごとの喜びの動きが見られる　何組かのカップルの姿もあり友愛のシグナルを交わすと長い口づけに移る　更に身体を寄せ合い抱き合う者たちもいる　絡み合う腕・指が互いを欲すると愛の営みとなる　恋人同士という切羽詰まっ

た緊張はなく求め合うままの姿がその場の時に包
まれているのでありそこでは生きる者たちの営み
を妨げる如何なる事態も起きない

それらカップルの喜悦の営みの余韻の去る頃は
徐々に闇は深まり　彼らは必然のように誘われる
ように　湖の中に戻って行き辺りは何もないよう
な暗い世界となる

——幾時《いくとき》もの　時は過ぎ

湖面を風が渡る

何かが始まる予兆のように
にわかに浜の姿が見えるようになり
大きな人の輪が幾重にも出来て
輪の中に笛の音が始まり　太鼓が重なり

小気味よいリズムの鉦が交わる
人々の輪には祭りの熱気が生まれ
いつからともなく体を揺すり手足を動かし
熱の籠った踊りの場となってしまう
人の輪はさらに広がり
陶酔の踊りは益々熱くなると輪の形はくずれ
男も女も汗まみれになって
終りのない祭りの高まりを創る

——笛が　ぴっ　ぴっ　ぴっ
——太鼓が　ドーーン　と打たれる

人たち踊り疲れ　満ち足りた踊りを終えるのであ
った
辺りは幕が下ろされたように暗くなり始め
人々の影も消え　何もないような暗い世界となる
のだった

生き物たち
暗き水の中では
休息の時となるが
中にはじっと祈る者もあり動き回る者もある
産卵の時を迎える生き物も多い
その静かな時はどれほど続くか知れないが
わめき騒ぐものはいない
静かに　　　時は
　　　　　停止したようになり

　　　——神の息が湖の上を撫でる
浜が薄目を開けるように少しばかり明るみ始め
何かが始まる予感に満ちる

＊

女性達の声で賛美と思われる歌が始まる
静かな声ではあるが
どれほども計ることのできない広い空間の
隅々にまで彼女らの歌う和声が満たすのであった
歌は言葉ではない
アー　アーーー　アアアー　アーーー
と　単母音の発声
言葉ではないが情感の籠った声音に
人も　獣たちも
その澄んだ美しさにききいるのであった

女声の歌に重なるように
祈る男たちの声がそこここに始まった

　時の神よ　光の届かない黒い布地の時間の
中に隠れてしまった神よ　あなたほどの大

いなる神はありません
あなたのこれからの計画が何であるかは解
かりませんが
あまねく世界があなた様の思いのままに
　作り変えられますように

祈りは短い祈りであるが
多くの男たちの声で
何度も何度も祈られた

光の量は
少しずつ　少しずつ
増してきて
あらゆる事物の姿や色が明瞭に
判別できるほどになり
遠い山の稜線がその輪郭を見せ始め
その彼方には光るものが見えたと語る者もいるの

だが
男たちの祈りは
終ることを知らないように続くのであった
　時の神よ　光の届かない黒い布地の時間の
中に隠れてしまった神よ　あなたほどの大
いなる神はありません
あなたのこれからの計画が何であるかは解
かりませんが
あまねく世界があなた様の思いのままに
　作り変えられますように

どれほどの時が重ねられてゆくのだろう
天の窓が開きかけ輝く薄青い色まで
見えたりもするのだが

圧倒的なものが周囲を静まらせ
闇が　広げられ
音もない世界となる

時の始まりの前の

人は、息絶えると、どこにいるか。人は
伏して起き上がらず、天がなくなるまで
目覚めず、また、その眠りから起きない。
ヨブ記14：10, 12

ここはどこだろう

永い眠りに入ってしまって
そこで何かを感じるということがあるのだろうか
夢ではないと否定するのだが
空漠としたところに置かれてしまった

私は　地に落とされ　風に押され
あてどなく流され　土に帰ることさえままならぬ
さまよう芥子粒か

低いこもった声
「わたしは　あるというものである。」と聞こえ
私に語られたのか？
空耳とは言うことのできない声であったが
私という精神を通過する風の作用であったのか？

色はなく　形はなく　笑いでもない
嘆き　悲しみ　叫び　喜びというものも感じられ
ない　男女の識別もあるとは思えない

あっけらかんとした脳の退屈な広場でぼんやりと
考える
かつて　想像も及ばない遠い過去に

ある　と感じ取れる何かがあったのだ

何処と定まるところからではなく
いたるところから集められ
集まりすぎて　激しくぶつかり合い
さらに隙間なく集められ　凝縮するその熱で溶か
され重たい粒子の塊となる

光よあれ　と言葉が発っせられると
光となった

言葉と光は時間の作用を受けて
別種のものではない一つの在るというものに
なったのだ
それは
いわば神話となる前の一つの種子である

やがて　あっけらかんとした空間が
光の形で広がり始め
どこまでも広がる光の世界となる
拡がりすぎて　光の作用がごく希薄の
闇というべき空間となった

闇の空間を見て人は空虚な世界と呼んだりする
私には　そうは思えない
闇という虚空も
あるというものの
息の働きの中にあるように思えるのだ
——人の脳の識別を越えて自在に
語り出すもの

冬の薄明の中を

冬の薄明の中を
颪
颪は　山を登り
谷間を駆け下り
透明な深い青の湖を渡り

形のない颪の
その気体の中に
微かな光のようなものがあった
それは種子であった
種子はあまりにも微細で
あまりにも軽やかで
颪そのものとの識別はできなかった
その種子の数も
数えることが出来るようには思えない
颪は命である種子を抱え込んでいたのだ

薄明の中と記したのは
颪の抱えている微細ないのちの
ほのかな瞬きが
そのように思わせたのかも知れない

闇である
颪は闇の塊である巨きな山を蔽ってしまっていて
山との区分けはつかない
颪もまた闇の仲間であった

颪は山々を蔽い
谷という谷を蔽い
その先の河川や
河川の流れ着く海をも蔽っているのだ

私たちのいのちは　息吹・風の瞬間の形で
ある　とは　詩人P・ジャコテの言葉

私たちは風を感じるとき
生きているということを覚える
私たちは絶えず詩が欲しいので　風の内側の
種子の発する光である言葉に渇くのだ

未刊詩篇

舞踏の始まる前の

夜　まさに夜である
かすかな星明りで
密生する木々のシルエットが朧《おぼろ》に見える
星は瞬くがそれよりはるかに大きな闇がある

男　小さな広場に立っている
動こうとはせずにじっと目を開き
視線の捉えるさらに奥の方を見据えるように

時折さわさわゆれる木々の向うは　闇
世界そのものが停止して
張りつめた静寂

男の表情には　不安はなく　諦めもない
何かを待っているのだ
闇そのものが男の内部に満ち始め
男を
何もないという空無の世界に
　　　作り替えようとしている

静寂はさらに深まる夜と一つになり
男の瞼が微かに動く
男の表情がわずかに微笑を帯びる
何かが始まるのだろうか

しかし　男の鋭い眼は
　　　まだ　と言っている
まだ何も始まらない
男の裡を満たす空無を通って
舞踏を促すささやきの声となるのでなければ

夜の円形広場

円形広場に配置された桜の木々たち
黒い小枝を天に向けている
枝の隙間から斜めに差し込む三日月の光

月の光の青白い光は鋭く地上に差し込まれ
地上に達した後もさらに地の裡に刺さるようだ
円形広場に動物どもの発する声もなく
静寂の中　月の光を受け止めていた

　　形の整わない黒布をまとい　男が立っている
動きを感じないが舞踏の姿勢を保っている

尺八の高い音
気付かれないピアニッシモで始まっている
何の律動もない透明な笛の音
周囲に流れ広がっている

舞踏男は広場に始まった笛の音に誘われるかのように少しばかり体を動かそうとしている
眼は細目に開いてしっかり月を見据えていた

凡てを見通すような視線を向けているのは
三日月か　舞踏男の目であるのか

寒風が時折ひゅ――と流れるのだが
尺八の単調な調べは止まず　力の入った音となる
踊りは熱籠り
円形広場は妖気漂う異界の舞台となった

闇の夜の静かな明るさ
単調だが力強い笛の音は幾重にも月に吸い込まれ
緊張にふるえる舞踏の影
厚みのない影が幾重にも地に刻まれ続けた

妖精の森

ある明瞭な光のようなものに導かれるように　ではなく　晴れ渡った都会の錯綜する会話やいかにも楽しげに笑いあう仲間たちの輪というものからもはっきりと離れ　暗がりの中にしか感じない或る充足を予感させる小径というのもあるのだ

*

陽がおちて

森の木立は明瞭な姿を失い始める
その頃　一人の人影が森に続く小径を歩いている
男だ　暗くなり始めるころよく見る姿だ

森には他の人影は見えない
男は森の奥まで続いている小径を進んでゆく
彷徨い人のように
何かに憑かれたように　ふらふら　ふらふら
更に深まる森の奥へと

月の光を頼りに
月のない日には星の光だけを頼るように何処へ
向かうとも知れない男の姿　着けている衣類は
縫い合わさったところのない　一枚の布
腰に紐をまわして　布の隙間から腕を出し
ぶらぶら　ぶらぶら　歩いている

時折立ち寄る小さな広場
広場の脇の根株に腰を下ろす
風がヒューと吹いて小枝たちがさわさわ
内緒のはなし？
その囁きとも言えない声に　男は　おもむろに
踊り出したりする
離れたところからフクロウが　フォウ　フォウ
と　啼きだせば
彼の踊りに熱が入る
ゆったりとした動きではあるが全身に汗が
にじみだす　彼は踊る
踊り　踊って　踊って　疲れ
その場に寝転んでしまう

＊

西空がかつてない広がりで真赤に染まった

街の人たちは驚き
異様に燃える空がながいこと続くので
多くの人が不吉なものを感じた
常なる黄昏時のもの悲しさではなく
異質で強烈なものに押しつぶされる思いがあった
燃え尽きようという太陽の演出　？
その無言の振る舞いに人は誰も無力であった

夕焼けは終わり
西空は瞬く間に薄暗い夜のベールとなった

男は　安堵した　何を考えるのでもなく
小さな砂場の方をじっと見ている

　　　小声で「隣に坐ってもいいですか」
声をかける女人があった
貌に微笑と憂いのある
女だった
男は黙ったまま　いいもだめも言わない
女はすり寄るように坐り
「あなたお酒飲む？　一緒に呑もう！　ね、
いいでしょ　一緒に呑もう！」
男「……」
女人「お酒買って来るから、動かないでここ
　　にいて」

「わたし　寂しんだよ」
買ってきた酒をコップに注ぎながら女は謂った
「あんたの姿　たまに見るけど　どこから来
るの　あの暗い森の方へ歩いて行くでしょ」
夕焼けが残したある種の不安と
トキメキの混ざった微風が流れた
きょうは何かが起こるのかも知れないと
思うのだった

沈黙が続くと
憂いのある貌を伏し目がちに下に向けて　　女人
女の姿には男を惹きつけるものがあった
抱き寄せたくなる
男　初めて出会ったばかりなのに
いきなりお酒を飲もうと言い出す女をいとしいと
感じるのだった

女人はしばらく勝手に話しかけながら、男に酒を
注ぎ　自身も飲んだ　男は酔うままに　聞き流す
のだが　とぎれてはまた話し出す女の話に　酒も
すすむのだった

男が立ち上がり森の方へ向かう気配を感じると
女人
「きょう　わたし　あなたについて行く」
と言った　拒まれることがないので　女は男の
腕を抱え寄り添い　よろけ　よろけ　歩いた

＊

男はその日も　小さな広場へやって来た
女も黒い男につかまりながらついてきた
しかし女には暗い森を怖がる様子はなかった

空に月はない
夜だ！　まさに夜　男はそう思った
それは内的身体の思いが裡なるある神秘と重なり
云い知れぬ闇との交感と融合を探るのであった

舞踏への扉が開かれたのだろう
男は静かに踊りに入る　踊り　踊りの中で
男は夜と一つになる貴重な時を手に入れたいのだ

女が傍にいることは些か気掛かりではあった
しかし女の対応は、気遣いはしないようにという
素振りであった

男の踊りは徐々に佳境に入り始める

女は上気して上半身がゆれ始めた
女は　暗がりの中　ゆらゆら燃える灯りとなった
あかるいのではないがあやしげに神秘的にゆれる
炎であった
炎はしかし小枝などに引火するものではなかった
男は闇が　闇の一つの化身でもある女を連れて来
たと感じた
女の姿はゆらゆら燃える炎の　　妖精！
見れば
女は幾重にも重なる炎の衣類に包まれていた
　　――炎のベールの姿となった女！

炎の衣装の中は全身なまめかしい生身の女の肌で
あった　炎の火は膨らみ　揺れも大きくなろうと
していた
男の踊りは熱気をおび
女は炎の中で男に合わせるような舞踏を始めた
黒い夜である男と炎である女の　舞踏の競演　？
男は　踊りの位置をあまり移さないが
女には　踊りの流れの中で　時折男に密着する仕
種が見えた　妖精である女の熱い情念が男の身体
にも吹きかかった

女はさらに熱気を帯びて男に密着する動きの踊り
となった　男は炎にすっかり覆われ
男女の区別のつかない一塊の揺らぐ炎となった
男は　女の　肉体であるのか炎であるのか
区別のつかない激しい動きに包まれて
舞踏の極まりの中で

時は永遠的静止形となった
音も光もないままに何かで満ち満ちた
ごく狭い時の空隙
二人の肉の激しい踊りとは
静止形の時空の瞬時の戯れであったか
狭い時の空隙という場を
二つの肉は踊り　踊るのだった

炎の動きが断末のような瞬時の動きをみせると
間をおかず溶け合った物体は倒れ地に横になった

深夜
二つの身体からのそれぞれの四枝はだらしなく
死人のようにころがっていた
しばしの時が過ぎると女は起き上がり
隣の男には頓着なしに

さらに森の深くへ向かい　姿を隠してしまった

*

夜明けの時刻にはまだ間のある静寂の森の中から
男が一人　ふらり　ふらり　出てきた
民家の灯りの方へ　歩いている

その後
夜の森に向かう舞踏男の姿は見ていない

男は沼をじっと見ていた

男は倒れた生木に腰を下ろし
沼をじっと見ていた

何故ここにいるのかはわからなかった
目覚めたときには草原に転がっていた
懐かしい思いが裡を満たすのであった
はじめての場所ではないことはわかっていた
かつてこの場所で
一人おどりを踊ったのだった
その踊りを中断させるような雷鳴が起きて
あたりは激しい豪雨となったのだった
豪雨の後　天に月が顔をだすと
沼は血の色であった
奥まった小高い岩の上には裸の天使がいた
その姿にほれぼれじっと見入っていたのだ

今日は水無月の満月の日である
幾組かの村人が宮に捧げものをもって来る
豊穣を祈願する日である
陽が沈み　林の中から　笛の音が始まり
乾いたものを叩く音や鉦の音も聞こえ始め
やがてそれも止み
修行の層がひょうたんに沼の水を満たし
ゴクリ水を飲む
主よ何処へ（クオワディス）と厳かに囁き
さらにさまざまくちずさみ　山奥へ向かっ
て行った

男は思った
言葉　言葉は羽をもつことが出来るか
折れた枯れ枝にかかり風に吹き落され沼地の
泥となる　賛美の羽のようには飛べない

夜が微かに光るプリズムの稜線に沿って
新しい音楽を　振り撒きながら
その頂きで笑う頃
風もさわさわ涼風の和声を整えた

男は踊りが待たれていると心得
沼にゆれる月を見ながら　沼を見ながら
草の広がりの中に身を滑らせた
そのゆったりとした身体の動きに月も沼も台地も
大いに満足した
男　風の振り付けのままにどこまでも踊った

いつとは知れず目を覚ますと
月はすでに西側の山の裏に隠れてしまった
夜明けが近いのだ
沼の外れの切り立った岩の方を見る
誰も立ってはいない　天使はいない
天使は踊りが好きか　あの美しい身体でサロメの
ように踊る姿を見たい
男は待つとはなしに見ていた

——時の僅かな隙間が男のすぐ隣に開けられた
瞬時のこと　男の姿は見えなくなった
静かな日であった

そして沈黙

親しげに　微風
孤独の肌をなでながら
声とならない言葉で話しかけてくる

会堂の扉を押してみる
開くのだった
待っていたかのように
堂の内側にも扉　軽く押すと
いきなり　大音響のオルガン曲
誘いのようなものを感じて

わたしは入ってきたのだ
五〇〇人は入りそうな会堂　人気はない
オルガンの場所もわからない
会堂正面の両脇には見事に整え置かれた
オルガンのパイプが並んでいた
そのパイプが大音響の曲を
会堂いっぱいに発散しているのだ

長椅子に腰掛け薄目を開き大音響の曲の
中に置かれていた

人はいない　神父のような人も現れない
堂内は終わりのない大音響の器であった
せまるように圧倒的な音の波
曲は情に触れてくるようなものではなかった
安堵には遠く　神がいるとは思えなかった
なにか魂に縛りをかけられたように

そこから去ることもできないのだった

思考力も萎えがちであったが　わたしは
　わたしは何者？　とつぶやいた

大音響の曲は止まない
しかし　その中で何度もつぶやいた
　わたしは何者？　わたしとは？

――曲は終わった
　堂内は信じられないほどの静寂となった

*

外は黄昏時となっていた
私は静寂を得て　改めて己を見つめた
閉じられた大音響の器から解放されて
　　――今ここに

人気のない道を歩いている
プラタナスの葉は落ちて
街は夜のとばりに覆われようとしている
街は次第に静寂と暗がりを深めていた
北の空には一つ明るい星が輝いている
星と夜気のやさしさは
私の孤独に平安をもたらした
周囲の静寂はこころに空白を広げた

思考は定まり無く漠とした揺らぎを彷徨っている
何かが　ふと示されないものか　と思っていた
わたしは再び
　　——わたしは何者　とつぶやいた

風の声　小声だが　はっきりとした声で
「お前は　何者と言うものではない」
戸惑うわたしであったが目には見えない相手に
「わたしは　何者と言うものではない」と
返答をした
すかさず　挨拶のように瞬時の強い風
私の身体を通っていった

北の空に星　微笑むように
　　——おやすみ　と言っている

異界からの届け物

彼は玄妙な綿布《わたぬの》に包まれ快楽の夢の国
へ運ばれる

大きなプリズム　幾世紀も越えた様々な色調の光

を放っていた　そこへ黒マントを付けて人とも獣《けもの》とも判断しかねる者がプリズムの裾に近寄り神々しい光の粒を口に含もうと　口づけをしようとした　瞬時　大きな足が天から降りて来てそのものを潰してしまった　足が去ると地に黒マント　マントの中はもぬけの空であった

沼に近い場所に芋畑があって　畑に面して背の高い案山子のようなものが立っていた（胴体はスラッとした二本の足に支えられていた）生き物のようでもありつくりもののようでもあった　そこに仙人風の髭の生えた老人　しゃがみこみ　案山子の着衣の裾を開くのである　案山子の足の付け根のあたりに穴があり　清い泉の水を湛えていた仙人は手にしていた杖で力任せにその穴に突き刺した　案山子は甲高い叫び声を発しながら穴から血液色の液を流し始めた　その量が計り知れぬほど多量であったので沼はたちまち満杯となり川に流れた　血液色の水は流れ　流れ下ってついには海をも染め始めた　夜となると血色に染まった海からあやしげな炎が立ち昇り　炎の館のようなものとなった　館の形が整いかけるとそこは魔界からのものが出入りする館となった　炎であり魔物たちの住む館であった　――恐ろしげで　人々そのさまを見るのを嫌った　時を経て魔物たちは翔び去って　館は静まり何事も起きる気配も亡くなった　人々その館を不在の館と名付けた　入口も出口もない空っぽの館である

彼の姿があった　長い歩行の果て林に迷い込んだのだ　林には小径があり小径を行くと交差する幾つもの小径に出合った　帰らなくてはと思ったがどの道を通ったのかは判らなくなってしまったそこは林ではなく鬱蒼として陽の光も届かない深

い森の中であった　かえらなくてはならないと思った　そのとき　森を歩いているライオンの姿を見た　困ったと思うより前にライオンの目線は彼を捉えていた　ライオン　悠然と彼の方に近づいて来る　恐れはあっても身体はこわばり逃げることが出来ない　助からないと諦める　数歩の位置まで近寄ると　ライオン　想像を絶する大きな口を開いた　跳びかかるやいきなり頭に噛みつくのだった　意識の有りや無きかのところで頭全体が鮮明な血の色となるのを感じた　今自分は死ぬ
自分は死んだと認めた

暗い閉ざされた部屋　一羽の鳥の羽音を聞いたように思われた　幻聴？　空耳と断じ　目を開くことなく眠ることにした　一時《いっとき》が過ぎた　カラス
机の上に留まり　彼の顔をじっと見る　じっと見続けている　鳴き声を発することはしない　眠っている彼　何者かに見られていると感じながらも目覚めることは出来ない　何が起きるのだろうという不安を抱きながら眠り続けることしかできなかった　仄かな明るみを感じた　朝が近いのだと思うと同時に鳥の羽音を聞いた　咄嗟に目を開くと　まさにカラスが上方にある天窓から飛び去ろうとする姿を見た　何故カラスが　と　深い疑問が残されたが答えのないままとなった　はっきり目を覚まし　ゆっくり身を起こせば　いつもの壁と天井と寝床とその横の机　安堵の吐息であったが　安堵より強く　見てきたこと　出合ったことの余韻は去らず　何だったのだろうと　振り返り確かめようとする　と　何ものの手からであっただろうか　彼に渡される白紙の紙ペラ
　彼の決断は速かった　思い出すなどしてはならない　それらのことにははっきりと蓋をするのだ　そう自身に命じるのであった

エッセイ

ランボーの詩の魅力

詩の方法を探ることを目的に、書き進めて来たが、この小論は、この先なお触れなければならない多くのことは残っていないと感じている。〈詩の方法を探る〉という言い方は誤解を招くかもしれないのだが、この小論では、詩はどのように書くべきかとか、詩と呼ばれる作品のためにどのような表現が好ましいかということを書く意図はない。

では、詩の方法を探るとは、どのような思いが込められ、書き進められたのか。全文を通してではなく、断片的にでも、興味を覚えて下さった方に対して、ある程度詳らかな感触で受け止めていただくために、若干の説明は必要なのかも知れない。

この評論で意図した詩の方法を探るのこころとは、詩と真に深い交わりの位置に立つために、どのような方法があるのかを探ろうというものであった。詩という漠として広すぎる言葉を使いながら、その「詩」なるものと、あえて交わるという言い方をするのは、私は「詩」を、抽象概念のようには捉えないという立場より発するからである。詩とは、人が頭で捕らえきることはできないが、きわめて精神性の高い一種の神格体のようなものと考えているのだ。

まさに詩が人の心に作品化されようという初期的現場において、その第一原因を人（作者本人の意思）であると見るか、人に働きかける何者かがあると考えそのものを第一原因と見るかということであるが、私は後者の立場から詩を見ようとするのである。こうした立場から詩について、考えを記す人は日本に於いては、ごく少数であることは心得ている。

人はさまざまなものを見、聞き、触るなどして、その出来事や、出会いの経験を通して、表現したいという思いを抱かされ（つまり創作意欲を刺激されて）詩作に取り掛かることとなる。この詩に向かおうという行為の始まりの時点において、何か不可思議なものの作用をこころの意識の底に感じることなく、詩の世界（詩作品の内容のこと）を作り始めることには、詩というものに向かう者の姿勢としては、大切な何かが不足しているのではないかと思うのである。日常の特記すべき出来事や出会い。また体験の中で感動した事柄などは、一般的に詩の題材となりやすいのであるが、一方では、そうした目に見える事柄や実体験というものではなく、何が起ころうとしているのか分からない事柄、目には見たこともない事柄、これまで触れたことのないようなことども、夢とか幻想のようなことも、詩の発想の根拠となりうるということを考えるのである。

「詩」は人の意識や、考えとか考え方ということではない、体感として、或いは感性を通して、荒削りのまま原初的な仕方で、人に働きかけてくるということはあるのだということ、そして、そうしたことが大切なことと思うのだ。それは初めのうちは言葉には置き換え得ない不可思議な感覚のものである。そうしたもの、人に作用しかけてくるある種精神的内実のものを、古代ギリシャの人たちは、理解も整理も及ばず、ただ驚きをもって受け止めざるを得ない事態を日々経験し、ただそこから逃げようというところに気持ちが向かうのではなしに、ことの真相の中にある何かわからないが大きなものに、深く心を捕らえられもしたのだ。直面するその事態を後の人間にも伝えなければという思いにも駈られたのだ。しかしどのように表現したらよいのか表現する力がない。そこで、詩の神なるムーサイの助けを請い願ったのだった。

事の真相を表現する力がないと悟っていた古代ギリシャの詩人たちは、第一作用者としてのムーサイを知っていたのだ。ムーサイが人に作用するところから、ことははじまることを知っていたのだ。

こうしたことがらを、知識人風の人たちが、文化なり芸術なりを精神の拠りどころとして築き上げた結果として、ムーサイなる神格体をその象徴のごときものとして、祭り上げることになった。というなら、それはどこまでも人が主体であるという考え方であり、人間こそあらゆる現象の第一原因という見方である。それは人間は神をも作り出してしまうという見解にもなるのであろう。

それは、転倒した言い草であるだろうと思うのだ。そのような視点からは、真に創造的・文化的な働きの根源に辿りつくことはないのではないだろうか。そのような姿勢からは、いのちのない空無をさまよい続けるほかはないのではないだろうか。

私は、詩そのものの発生の原初に於ける神話ということを考えることがある。ムーサイが文化・芸術の原初的力を吹き込むように人に働きかけ、その作用をいのちとして、いわばDNAのような形で、人の心に据え置いた。そのような作用を起こす第一原因としての神格を感じうけた古代の詩人であったから、ムーサイの指し示すさまざまな事柄を受ける器として、考え及ばないことをも含めて、伝えるべき表現が、奔放なかたちで行うことができたのだ。原初に於いて、人にアプリオリに働きかけるムーサイのようなものの存在なくして、決して古くなることのない精神の原風景とも言うべき物事の真相に触れる表現はできないのではないだろうか。

言い方を変えれば、創作に入る前に作者の精神の内側に示されるある種の啓示的作用の必要性ということである。それは摑み取ると謂う行為で得られるというものではなく、むしろ、あらゆる角度からの・幅広い世界からの何ものかの訪れがある。それを受け止めることが出来るように、心を空《から》にすることが必要であろう、ということである。そういうわけで、この小論は、始めから作為によって作られる詩（人の才の匠をもって作ろうとして生み出される詩）の、その可能性を探る方法といったことに関して、関心を置いてはいないのである。

唐突の感を与えることになりそうだが、ここで、私は、フランスの天才詩人アルチュール・ランボーに触れてみたいと思っている。

小林秀雄はランボー論の中で〈何故、誰も彼もわかり切ったことしか書いていないことに愕然としないのか。〉と言っている。小林秀雄が〈向こう見ずに〉ランボーの作品に相対したのは、ランボーの詩の平易とはさかさまの晦渋さの為だ。そうした行為は意味のないことではない。詩はわかりやすいことばで書かれるべきだ、と言う主張をする人は多いように思うのだが、小林秀雄はそれとは真逆のことを言っているのだ。ことランボーの詩を読もうというなら、詩は易しい言葉で書かれなければ、と言っているのでは、ランボーの作品世界に入っていくことは出来ないであろう。作品の晦渋性の故に、ランボーは優れた詩人であるという見方も一つの見方であろう（もちろんランボーの詩の魅力は晦渋性にのみあるのではないことは言うまでもない）。

どの時代のどこの国の詩人にしろ、詩人の死後も続く幾世代にもわたって読まれるほどの作品を残すという場合には、その詩人と同世代の読者には、感覚的についてゆけない、すくなからぬ異質性を備えているのではなかろうか。それは、詩人が時の常識的感覚をかなり超えた、言わば先見性を持っていて、それが詩の表現として示されるからであろう。その時代における一般評価とは異なる作品世界を表現する詩人なのだ。ランボーの詩は難しい。読んでも解らない。というところでそれ以上ランボーに近寄らない多くの人たちがいても、それはごく自然なことなのかも知れないのだ。

平易な表現で、深い精神の世界を見せてくれる作品には高い評価をしたいのだが、わかりやすい、しかし心に沁みるものは感じられないというのでは、読んでみたいという気にもなれないとしたものだろう。表現が難解であるか、平易な表現であるかは問題ではないのだ。

ランボーの詩は易しくはない。しかし、ランボーの詩には、読むものに伝えてくる圧倒的な言葉の力、並外れたとしか言いようのない精神の表出の鮮やかさがある。わからないながらも天才詩人を感じさせられる。ランボーの死後一三〇年になろうという今日にあっても、私たちはランボーを超えた詩人を見てはいないのではなかろうか。

フランスでは、ロマン主義の後に活躍したボードレールや、その流れを受け継いだマラルメ、ヴァレリーに代表される近代フランスの大きな詩人たちによって、それまでの芸術の視点は大きく舵を切られることになった。それらのフランスの詩を主導した詩人たちの活動の流れは、フランス社会のみならずその後の世界、特に西欧の歴史に大きな影を落とすことになったフランス革命がもたらした圧倒的な潮流を受けたものであった。革命はそれまでの王政を覆したばかりではなく、キリスト教そのものに対する徹底した弾圧と破壊にも向かったのである。そうした中で、サンボリスムの詩人たちの足跡は、モダニスムとかアバンギャルドと言われる近代の芸術の草分けの働きとなった。それに続くようにまた並行した運動としての、前衛芸術が世界的な流れを作ることになった。その流れの大きな特色は、王制の破壊と、ヨーロッパにおける精神の基礎となっていたカトリシズムに対する反逆とその制度そのものの破壊というはっきりした意志を強く持っていたということが言える。

彼らの芸術文化全般にわたる革新運動は、何を目指すとか、どこへ向かおうという運動であるよりも、それまでの精神の基礎とされてきた、すべてのものを破壊して、そこから真に新しい感覚世界を構築しようというものであった。精神の渇きによってもたらされる激しい運動であった。そうした、それまでにはなかった精神の内実としての世界を目指すといった、革新的運動は、現代にも繋がる人類の苦悶を抱え込んで現在に至っている。

ランボーもまた、そうした流れの中で生きた詩人であったから、多分にそれらの精神的息吹を受けたことはまちがいない。ことに、マラルメの詩や、詩に対する考え方には多く受け止めたものがあったように感じられる。精神の絶対性を構築したいというマラルメの詩人としての姿勢は、哲学者であるニーチェと双璧を為すとも言われている。そうした精神は、多分ランボーにも影響を与えることになったであろう。ランボーは、いわゆるカトリシズムへの反逆、しいて言えば、キリスト教神学の基礎である神の存在と、神の恩寵の中に置かれている人間という構造に対する反逆の激しい潮流に置かれた詩人であった。この流れとは、西欧において、芸術家や一部の哲学者にとどまらない一般市民をも巻き込んだ、とてつもなく大きな潮流だったのである。このことに関しては、日本では、その事実には、あえて避けた視点から物事を見るような傾向があり、そのために、日本人の見る西欧の芸術文化の受け止め方は、かなり歪んだ偏見に満ちた捉え方になっていると感じているのは、私ひとりではないはずだ。すなわち、日本には、知識人といわれる人たちも含めて、西欧の人たちの精神文化を支える基礎であったところの聖書について、無知の人が、あまりにも多いと思っている。

そうした時代の大きな流れの中にあってランボーは、ひと際やんちゃな、激しい思いを詩に投じた詩人であった。だがランボーは、そうした流れの中心を担ったのかというと、まったくそのようには見えない。やぶれかぶれのような生き様、観ようによっては自己破壊的性格を感じるのであるが、彼はアバンギャルドを主導する改革の戦士ではなかった。また、聖書の神の恩寵を否定したいがために詩を書いた詩人でもなかったのである。ランボーは近代西欧の、きわめてすぐれた詩人ではあったが、いわゆるモダニスム芸術文化の主流の位置で、新しい流れをつくる働きをした旗手ではなかった。

では、ランボーは何を目指したのだろうか。残念ながら、ランボーの詩からその答えを明快に読み取ることは出来ない。読者であるわれわれに、それが感じ取れないばかりではなくランボー自身、そのことは明快に摑んではいなかったのではなかろうか。

思うに、ランボーは詩を求めたのである。ある種捉えどころのない詩を書くことで、自己の至りうる、その可能性に、すべてをぶつけたように見える。男色とか、麻薬の類に彼は嵌まり、溺れ込んでしまうが、それらは、ランボーの真に求めたものではなかったであろう。そういうことどもに身を投じることで見えてくる詩を捕らえたかったのだと思うのだ。

イヴ・ボンヌフォアやリヴィエールのランボー論を読むと、わがままで、やんちゃなランボーは、接する人たちの態度や心境に配慮する人間ではなかったようである。彼の書く詩についても、周りの評価のようなことには、まったく心が向かうことはなく、どのように受け止められるかという点についても、無頓着であったようだ。というより、周囲の人たちの、言っていること、ものの考え、態度振る舞いには、吐き気がするほどたえずうんざりしていたようである。他人事にはほとんど関心がない。そこに天才ランボーの姿・生きる姿勢を見る思いがする。

現在に至っても、ランボーに対する正当な評価は定まってはいないように見える。詩人として、高く評価をする多くの読者（日本では一部の詩人）たちがいる一方、どのように捕らえていいものか、読者である自分に何か貴重な栄養となるものがあるような気がしない、と覚めた見方をする圧倒的多くの人達がいるのだ。ランボーの詩に触れる限り、精神の安らぎを嫌うが如く錯乱をあたりに振りまくその感情の表れ方はあまりにも激しすぎて、一般人にはついて行けないということなのだろう。そのように、ランボーに対する評価は一様ではないにしても、ランボーの詩がこの先、輝きを失う時代が来るかもしれないなどと、予測することはまったく考えられないことだ。いずれにしてもランボーの後、際立った輝きを放つ詩人は出ていないという認識は多くの詩人たちの一致するところであろう。（今現在に於いて、知られざる詩人の、あっと驚くような詩がすでに生み出されているとしても、それを知る手がかりのようなものは今はないのだから。）

哀しみ（悲しみ）、寂しさ、孤独というものに人が包み込まれるとき、それは一般的に望むべき事態ではないと判断され、そうした精神的状況には可能な限り蓋をしてしまおうという傾向があるのかも知れない。しかし、また、それらが詩的心境に誘い込まれるある不可思議な快感に至る入口であるという予感を覚える人は少なからずいるであろう。そうした人間にとって負の感覚となる事態ではあるが、そのようなところに置かれるがゆえに詩的なるものへ向かわないではいられない思いにさせられる人もいるに違いないのだ。とりわけ詩を書く人間にとっては、願ってもない感覚世界の訪れの時ともなるのだから。そうした心境のなかから、多くの人が共感し、その情感に酔いしれる情緒的叙情詩の貴重な心的風景に出会うことにもなるのだ。それは、不満のない平穏な日常の中では、感じることのない感覚のものであり、言葉とはならないある貴重な何かである。

（ランボーという人間と彼の詩について書いているというのに、そうした一般的なことが何か書かなければならない意味を持つのかと指摘を受けそうである。――まあこれはランボーの中に入って行くための序奏のようなものなのだ。詩的な感興の世界に自分を置く事も出来なければ、ランボーに触れるなどは望み得ないことだろうから。）

ランボーの生きた時代も含めて、現在は精神の空白の時代に置かれている感をうける。芸術の世界（詩を含む）に限らず、広く世の一般人にも及ぶ精神の拠りどころとなる揺らぎない新しいパラダイムに辿り着くのは容易なことではないから、この先しばらく、人類は現在の精神の空白の時を、歩まざるを得ないだろう。それは、この先もかなり長い時代にわたるかも知れない。長い時を経た後に人類社会は、充足の時を迎えることになるのだろうか。或いはその前に人類の世紀は、終末と言う破局を迎えることになるのか、どちらかにも思われる。

何かがそこから始まるというには、きわめて困難な時代に、ランボーは詩を求めたのであり、詩という形のないものに向かって、全存在をぶつけることの出来た詩人であった。しかし、彼は「福音は去った。」と悲痛な声を発する。「福音は去った。」つまり地獄に立たされたと感じざるを得ないところに立たされてしまった。その言葉を発してしまったあとのランボーは、望みなく明かりも出口も見えない地獄をさまようことになった。それでもなお、（絶望とあきらめの中）精霊と慈愛なる言葉の鍵を頼りに、なお詩だけを求め苦闘するのであった。

詩とは、何か予測しうるある解のようなものではないのだ。しかも、まさに輝ける詩とは混沌とした中からしか起こり得ないものでもあろう。それを成し遂げて見せてくれる者は、やはり並外れた天才であろう。いまこそ天才の出現が待たれる。求められるものは、世界全体が、混沌から秩序へ向かい始めるその兆しをしっかりと伝えてくれるものでなければならない。新鮮な日差しの中で多くの人々が目覚めの時を感じさせられるものが望まれる。精神の空白という言葉で言ったが、むしろ闇に近い混沌の世界といった方が適切な気がする。今、世界は、怒りのこもった叫びにも増して、圧倒的多くの魂が重く暗い困難な場所に追い込まれて、声も絶え絶えとなってしまった感がある。

「田舎は継母だ。」とランボーは吐き捨てるように独白する。続いて「自由をほろぼすから。田舎は絶対悪だ。」と居場所（故郷）を無くして、押し殺すように、絶望と嫌悪をぶつけるように叫ぶのである。

触れることのできる書物から伝わるランボーは、はじめから激しい渇きの人であった。（そのランボーの渇きこそが私を捉えたもっとも大きなものであったのだが。）その渇きとは、まず、はじめに愛の喪失感による渇きであった。そしてそのことと同じ次元の中からのものと思うのだが、自由への渇きであった。そして、この二つのものは、目に見えぬ大きなものに抱きとめられたいという深い精神から発せられる渇きであった。しかし、その渇きは満たされることがなかったので、ランボーはあらゆるものに嫌悪を示し、孤独から脱することは出来なかったし、絶望と断念が絶えず彼に付きまとった。麻薬の力を借りて狂気と幻覚を欲するのもその激しい渇きの故であったに違いない。しかしそこにこそ、天才詩人としての本質の土壌があったのであり、その渇きのゆえに彼に運ばれてくる経験のことごとくが、詩人ランボーに詩的と感じさせる新しい視界を開かせることとなったのだ。人の深い渇きは、決まってその心に形而上的窓を開かせるもののようである。

「太陽と肉体」という韻文詩がある。

かつて『地獄の季節』と『イリュミナシオン』を読むだけで、もう十二分にランボーに魅了させられてしまった私は、これまで彼の韻文詩を味わい楽しむことはなかったのだが、「太陽と肉体」はまさにランボーが請い求めた愛なる世界であったことを感じさせられる。快楽としての肉の満たしを与えられるというにとどまらない愛の賛歌である。

ギリシャ神話の神々を歌い、精神でもある身体のすべてにおいて、満たしてくれるはずのものであったと、夢見るように渇望するのだ。そこには、若きランボーの輝く顔さえ感じられる。しかし、この詩を除いては、そのような一種賛美まじりの愛を詩にすることはなかった。「太陽と肉体」の作品から、ランボーの解放への期待を込めた気持ちの高まりを見てみよう。

愛情と生命とをはぐくむ炉床である太陽は
恍惚とした大地に燃える愛を注ぎ込む
谷間に横たわったとき　ひとは感じる
大地はまさに熟れ頃で　たぎる血にあふれている
と
魂が盛り上がらせるその巨大な乳房は
神のような愛と女のような肉体で出来ているのだ
と
—略—

——おおウェヌス　おお女神よ
私はなつかしむ　古代の青春の時代を
私はなつかしむ　世界をめぐる精気と
河の水と　緑の木々の薔薇色の血液とが
牧羊神の血管に一つの宇宙を注入していたあの時
代を
大地はその羊蹄に踏まれ　緑色に慄きつつも
冴え冴えと響きわたる笛にやさしくその唇は
大空のもとで大いなる愛の賛歌を奏でていた
—略—

私はなつかしむ　あの偉大なレアーの時代を
途方もなく美しいこの女神は
大きな青銅の馬車を駆り
輝かしい町々を巡回したと言われる
その双の乳房は　広大な空間に
無限の生命の清らかな流れを注いでいた
人間は　幼子のようにその膝でたわむれながら
嬉々として　その祝福された乳房を吸っていた

—略—

壮麗に光輝いて　大海原のただなかに
あなたは立ち現れるだろう　尽きない微笑をたた
　えて
無限の愛を広大な宇宙に注ぎながら
世界ははてしのない接吻に身をふるわせて
巨大な竪琴のように響き渡るだろう

—以下略—

言葉を繰り返すように書かれるのだが、このような壮大な歓喜に満ちる中で解放される歌はその後のランボーの詩に現れることはなかった。

「ぼくのかわいい恋人たち」はそのタイトルが予感させるような純愛の初々しい詩ではないのだ。ボードレールの『悪の華』の種子がランボーの詩においても歪んだ華となったかと思わせる詩である。

ある晩のこと、お前はぼくを詩人だといった
　金髪の醜女よ
こっちへ降りて来い　ぼくの膝にのせて
　鞭で懲らしめてやるから

—中略—

しかし　ぼくが詩を作ったのは
　こんな羊の肩肉のためだったのか

お前たちの腰の骨を　情事の果てに
　　砕いてやりたいほどだ

　これは、「太陽と肉体」において愛なる女神を、満たされた思いで讃えた同じ詩人の言葉とは思えないほどではないか。ランボーは、女性と触れ合うその愛の行為によって満たされたことが無いようなのである。

　『地獄の季節』の発表寸前のものとされる「愛の砂漠」が書かれた。それは大作『地獄の季節』の主題となる「錯乱IとII」に大きな影を落とすことになったことが言われている。「愛の砂漠」においてランボーは無垢な青年（心身ともに輝ける青年である筈の若者）でありながら、抑えることの出来ない肉欲の牙がむき出しとなるのである。そうした男のけもののような激しい欲望を、その相手となる女もまた、求めるのであるが、男も女もそれは、愛と呼ぶべきものではないことをその情事の中で感じ取るのであった。その故にランボーは「愛の砂漠」と命名するのだ。そうした愛の枯渇は実在の女性から受けたものであったであろう。それがランボーには、満たされることのない、激しい愛の渇きとなるのである。その故に、ランボーという詩人に、女たちへのさらなる過剰な欲望と屈折した愛を夢想させ、『地獄の季節』に繋がる課題が語られることになった。――「愛の砂漠」から一部を引用する。


　女は消えうせた。ぼくは、神さまからも求められたためしがないほどの、多量の涙を流した。

　ぼくは果てしのない町へと出て行った。ああ、疲れきって！　物音の絶えた夜のなか、逃げてゆく幸せに身を委ね、それはまるで、世界を窒息させるためのものとしか考えられない一面の雪に覆い尽くされた、冬の夜のようであった。　―中略―　ぼくは理解した彼女が日常の生活に戻ったことを、そしてあの優しさが再びあらわされるには、星がひとつ誕生するよりもさらに長い時間がかかるだろうということを。

「愛の砂漠」を書き記し、ついには「福音は去った」と直感的に感じ取ったランボー。彼は触れる限りの人間に対し、周囲の社会にとどまらず、全世界に対し腹を立て、むき出しの憎悪の罵声を発したといわれる。そして、必然的に孤立を深める。そうしたランボーの発する、その源について、リヴィエールは「根底には何かしら或る沈黙と空隙とがある。」と記している。「根底には」と言われるのは、精神の内奥のところを言っているのであり、自己制御の及ばないところの沈黙とか空隙とかのことばでしか表現し得ないところのあるものであろう。ランボーという存在の根底にある空虚なる場と受け止めてもよいはずだ。そこに、ランボーの渇きの、底知れぬ深さを感じさせられる。

「愛の砂漠」と「福音は去った」との言葉は、ランボーの意識感覚の中でほとんど乖離のないものであったであろう。つまり、地獄としか呼ぶすべのない世界であったであろう。希望のない絶望を感じ取ってしまったランボーは、普通であればもうその先詩を書き続ける意欲などありようもなかったであろうに、なお、ランボーを詩に向かわせるものは、彼の意志などではなかったであろう。ランボー自身の意志ではなく、ランボーを突き動かすなにものかの力であったであろうと思うのである。事実、『地獄の季節』のごく始めのところで、ランボーは「私の日程は終わったのだ。私はヨーロッパを去る。」といっているのだ。（そのことは、それからあまり遠くない時期に、事実となる成り行きをわれわれは知るのだが。）このときランボーとしては、詩を離れる心づもりになってしまっていたと受け止めるのが自然であろう。

しかしランボーはなお書き続けた。吐き捨てるような激しい言葉で書き続けられた大作『地獄の季節』である。だが私は「たわむ鏡」の主題を追うために、『地獄の季節』に関してこれ以上細部には入らないこととする。

ここからは、もう一つの大作『イリュミナシオン』にふれることになる。あらゆる予断と思惑を挿まないように気をつけて『イリュミナシオン』の全作品を再度読むことから始めることにする。

『イリュミナシオン』を通読してまず感じることは豊富なイマージュである。主観の思いを激しい言葉でぶつけることは、思い出したように現れるばかりで、ほとんどの作品が客観的とも言ってよいイマージュによる表現となっている。

しかし、目にするものを実写する表現ではない。そのイマージュは現実として見える色形を表現するというよりも、詩人の内的思いによって感じ取られたところの形象表現となっている。サンボリスムの流れを汲む表現ではあるが、その形象に意味を込めるというより、それまで試みられなかった言葉の新しい切り口ともいえる表現の機微を追うように斬新な詩的世界を構築することに主眼が置かれている。自分の内的思いなり情感を形象表現と一体となるように表現するというより、ランボーの方法は、形象そのものを以て読者に詩的快感を伝えるように工夫された表現である。それを、イマージュによる詩表現と呼ぶ。言葉の錬金術師と呼ばれるランボーの表現の冴えを見る思いがする。それをあえて、言葉の意味なるものを探ろうとするなら、ランボーの詩はきわめて難解な詩とならざるを得ないであろう。

イマージュによって表現されているのだから、絵画を見るようにこちらの感性で感じるままに受け取れば良いと決めてしまえば、イマージュというものはそれなりに心に沁み込んでくる。（つまり、大いに心を打たれたりもするのだ。）新鮮な詩的感興を覚えると言えばよいだろう。生き生きとしたイマージュの力によって、詩的と感じさせられる美しさと迫力をもって、読者は心をゆすられることになるのである。

表現されるイマージュには思いもかけない飛躍と言語の屈折がある。そのイマージュの断片は、一つの詩を詩として成立させるための言語パーツでもあるのだが、その断片は断片でありながら、それ自体光彩を放ち、不思議な美観を楽しませてくれるものがかなりある。それらの断片の幾つかを、ここに並べてみるのもあながち蛇足となるものではないと思うので、並べてみることとする。

・一匹の野うさぎと、揺れる釣金草とのなかに立ちどまり、蜘蛛の巣を透かして虹にお祈りをあげた。

・××夫人はアルプス山中にピアノを据えた。

・極地の氷と夜の混沌のなかには、「豪華ホテル」が建てられた。

・降りゆく大聖堂、昇りゆく湖がある。

・この世が、わたしたちのびっくりした四つの目にとって、ただ一つの黒い森となったとき――わたしたちの明るい共感にとってひとつの音楽堂となったとき――わたしはあなたを見つけるでしょう。

・子供も大人も、みな世にも驚くべき動物に乗っかっている。

・見えないレールと滑車のうえを動いてゆく水晶と木の山荘。

・眠られぬ夜の海は、アメリーの乳房のよう。

・黒々とした炉床の石板、石浜昇る。現実の太陽たち。ああ！　そこに魔法の井戸。と思えば今度はただ一つ曙の眺め。

・斜面の勾配のうえの、鋼鉄とエメラルドの草むらでは、天子たちが毛織の衣をひるがえす。

・ぼくは夏の曙を抱いた。

・眼や髪の毛や銀からなる線条細工の絨毯のうえに、ジギタリスの花が咲くのが見える。

・荒野の海流と、引潮の広大な轍が、円を描いて流れてゆく、東の方へ、森の列柱の方へ、一突堤の幹の方へ、その角に光の渦巻きが衝突する。

・雪のきらめき、緑の唇、氷や、黒い旗や、青い光線、それに極地の太陽の深紅の香りに囲まれて、「彼女」とともにもがいた朝――君の力だ。

・泡立つ冬や、夏のざわめきに向けて家を開けはなったからには、彼は愛情だ、現在だ。合唱だ。無力と欠如を宥めるために！　コップの夜のメロディーの合唱だ。…果たして神経はたちまち漂流しはじめる。

『イリュミナシオン』のこれらのイマージュに出会うと、その強烈な印象に魅せられ、次いで、それらのイマージュの故にそれぞれの作品が新鮮な息づきをもって強く読み手に働きかけてくることを感じさせられる。さらに感じ取れることは、物事を捉えるときのランボーの柔軟な感性である。彼が心の欲するままにイマージュの形で捕らえたときには、おそらくランボーの目は高邁なるものと出会う時の輝く瞳であっただろうことを思う。さらに私はそのイマージュの実在感におどろく。（ランボーの内なる目は、確かにそのように見たのであろう事を感じるのだ。）書かれた詩にそうしたものを感じられるということは、小手先の（頭の中だけの）技巧表現などではないからである。精神でもある身体を含んだ全人間的なところで感じ取られたところの表現でなければ、そうした圧倒的表現とはなり得ないであろう。或いはランボー自身の意識の届かない裡なる精神の原風景的なところから示されたもであったのかも知れない。

『イリュミナシオン』がその後のモダニスムの流れの中に置かれた詩人たちの魂に注がれた影は計り知れないものがあったであろう。

そして、一つの作品となった詩から、次の詩へ、また次の詩へ、と読み進めてみると、ここに引用したイマージュがことさらアクセントとして強調されることもなく、作品としての調和が取れており、読み継ぐことで一種組曲の楽しさを感じたりする。（もっとも、日本語に訳された詩からは原語の音の流れとリズムを味わうことは出来ないのだが。）

『イリュミナシオン』という、すでに世の詩の読者に十分に知れ渡ったランボーの大作について、私ごときが、これ以上解釈や作品鑑賞の視点で語ることはやめることにしよう。

ここからは、リヴィエールのランボー論にふれながら、この私の詩に関する『たわむ鏡』の主題に向かって行きたい。リヴィエールのランボー論は、まさに私にとって、『たわむ鏡』の視点でランボーを見据えるための格好の書であった。

ともあれ、リヴィエールのランボー論の引用から始めたい。（引用は山本功、橋本一明訳になるリヴィエールのランボー論である。）

リヴィエールのランボー論の引用から入ろう。

ランボーの詩は、専ら客体の方にむけられ、我々には頓着せず、きっぱりと我々に背を向けているといったものだ。——隠し持つ様々の情景を我々の精神の中に移し入れようとする努力は些かもない。——しかもあの工夫をこらした意図とか、条理にかなった取捨選択、思考の運びなど、ここではどこにも認められないのである。相次いで現れる句が、勝手気儘な口実に従い、世にもはかない気紛れのままに生まれ出るように思える。——実際は、何もランボーが自分の言うことを知らないのではない。ただ自分の言っていることが何であるのかを知らないのだ。言おうとする事柄を我々のために予め整えるということが彼にはできない。それというのも、前もってそれを摑んでいるのではなく、口に出る間際になって始めてそれと知るのだからだ。成程彼は自らの表現するものに立ち会いはする。だが我々以上に彼もまた、それがどこから来るのか、何者であるのかを識らないでいるのだ。

目の前に現れるすべてのものが我々の既に見たことのあるものだ。その名を言うこともできる。では、それが今あるこの奇怪な無秩序は一体どこからくるのか。『イリュミナシオン』の開いて見せるこの情景は一体何なのか。ランボーの示す客体とは何なのか。

他界ではない。この世界。だが他界に解体させられた限りでのこの世界だ。未知の国ではない。極めて身近なこのあたり、彼岸の恐るべき接近によって支離滅裂に陥った我々の周辺である。他界を前にして崩れ去ってゆくこの世の姿を『イリュミナシオン』はその瞬間に捉えるのである。他界を前にした想いも及ばぬこの世の消滅、これこそ『イリュミナシオン』の描いて見せるドラマである。

ここに引用したリヴィエールの主張は、単純、率直、明解である。——と言っても、その歯切れの良い口調で示されるところに誰もが、そうだと言ってすぐに同意できるものではないであろう。——私はリヴィエールの言説の、一つ一つに検証・考察の出来る力量の者ではない。しかし、リヴィエールの確信に満ちた主張には、『イリュミナシオン』理解の為に、いくつかの聞き捨てならない視点があると感じたので、そのことについて、少しばかり触れておく必要はあるだろう。

〈ランボーの詩は、専ら客体の方にむけられ、我々には頓着せず、きっぱりと我々に背を向けている。〉のは、一般に詩作行為は読者に向かって行われるという常識から外れるものだ。詩は誰の為に書かれるのか、改めて問われる問題がここにある。しかもその詩法には〈隠し持つ様々の情景を我々の精神の中に移し入れようとする努力は些かもない。〉のであれば、読者は詩をどのように受け止めることが可能なのであろうか。そのような詩を読む価値があるのだろうか。——もし、ランボーのそのような排他の姿勢の隙間から漏れ来る魅惑を覚えることがないのなら、ことさらランボーの詩を読むことに意味はないであろうし、ランボーの不可思議の世界にアプローチを試みることもしないであろう。ランボーの詩からは、作品が伝えて来るであろう何らかの意味をそこに見出すことはできないようにも思えるし、無秩序に置かれた言葉は乱れていて、精神の錯乱から生み出されたもののように感じられ、手にして読み続けることの虚しさのみが、感じられるかも知れない。『イリュミナシオン』は、まさにそのような詩と位置付けることも可能な詩集とも言えるだろう。

そのような思惑に反して、ランボーの得体のしれない魅惑にうたれて、情熱の大半をランボーの詩にかける読者は、今もなお多いということを感じる。このことは、ランボーのような詩人は滅多にいないという、魅惑の裏返しでもあるだろう。ランボーの詩とまともに取り組む人は、イヴ・ボヌフォアとか小林秀雄のようである。イヴ・ボヌフォアは言う。「この難解さそれ自体のうちに意味が込められているのだ。」小林秀雄は言う。「ランボーの作品に相対したのは、ランボーの作品の平易とはさかさまの晦渋さの為だ。」

しかし、ランボーの詩の難解性は、我々読者には頓着せず客体のイメージの方にのみ、彼の心が向いているという、そのことだけに起因するのではないであろう。〈我々以上に彼もまた、それがどこから来るのか、何者であるのかを識らない〉ところに、難解性のさらなる根拠があると言えるであろう。ランボーの詩には時折、謎のようなものを感じるのであるが、多くの神話が、その原質に於いて神秘と謎に満ちているように、詩もまた真に詩的世界と触れるところから生まれる作品であるなら、その発生のメカニズムに於いて神話と同質のものと考えられるので、多分に神秘や謎を抱え込んでいても不思議ではない。——もちろん、そのような詩はめったにあるわけではないけれども——真にすぐれた詩の難解性は其処にあるのではなかろうか。美感を作り出すための言語操作の複雑さにあるのではない。言語表現が単純になることを嫌うがためのテクニックにあるのではないのだ。だからランボーは〈工夫を凝らした意図〉などに意を留めないのだ。

専ら客体の方にむけられる詩とは、つまり、まさに詩の後ろ影を見た詩人の心境、或いは自身の意志を超えた真実在に逼ろうという精神の集中、そのような姿勢から生まれる詩のことではなかろうか。であるから我々には頓着せず、きっぱりと我々に背を向けている。ということになるのであろう。詩と向き合うという行為のなかに、そうした雑念のようなものの入り込む余地のない程に真剣であったということであろう。

では、読者に頓着しないランボーは、どのように詩を作り上げて行くのであろうか。〈相次いで現れる句が、勝手気儘な口実に従い、世にもはかない気紛れのままに生まれるように思える。〉こうしたことは、ランボー自身と彼がまさに踏み込もうとする詩との距離が極めて近いが故に起ることなのではなかろうか。〈彼は自らの表現するものに立会はする。それが己の前に立ち現われるのを見さえする。だが我々以上に彼もまた、それがどこから来るのか、何者であるのかを識らないでいるのだ。〉詩と接して、詩的感動のその渦中に置かれた時、それが何者であるのか、どこから来るのかを理解できないのは、ランボーばかりではないであろう。その時感じることと言えば、ただ強烈な印象と驚きばかりなのではないだろうか。というわけで、ランボーの詩が我々に運んで来るものは、前もってそれを摑んでいるのではないので、詩の現在するなまなましさとなるのだろう。それに意味付けをしたり、意味は何かと思案することは、ランボーの仕方ではなかったのであろう。

あれはあの子だ、死んだ妹だ、薔薇の茂みのうしろにいるのは。——年若くみまかったママンが入り口の石段を降りてくる。——いとこの幌馬車は砂地を軋り。——弟は(彼はインドにいるのだ!)あそこ、夕陽を前にして、マリーゴールドの花咲く草原にいる。

「少年時」より

この混沌は何だろう。地域も時間も場面のカテゴリーも脱したこのイメージの世界は、すでに作者の意思の束縛からも離れているようではないか。リヴィエールの言によれば〈純粋の存在の混沌とした巨大さの蘇りだ。その巨大さは、未だ精神が分析も統合もしたことのない代物だ。〉

赤い街道を辿ってゆくと空っぽの旅宿に着く。城は売りに出されている。鎧戸は外されたままだ。——教会の鍵を、司祭は持ち去ってしまったらしい。——庭園のまわりの、番小屋には、住む者もいない。囲いがひどく高いので、見えるのは風にざわめく梢ばかり。もっとも、中には見るべきものはなにもない。
草原は再び登りになっている。鶏も鳴かず、鍛冶屋の鉄床の音も響かない小さな村々へと広がっている。水門は開けられたままだ。おお、十字架の立ち並ぶ丘々と、荒野の風車、島々と積み藁の山。

「少年時」より

言語表現も、もうそこから先には展開しようもないほどに、世界は空虚となり、荒涼とした情景ばかりが見えてくる。〈一種の沈黙があたりを支配する。すべてはたちどころに瞑想に入る。〉ランボーの見たものは、いかなる音も声も消えてしまっている街、或いは村の静寂である。

動かぬ大気。ああ、はや遠い小鳥の歌、泉の声。進み」ゆけば、この世のはてか。

「少年時」より

もはや、自然の中の小鳥の歌も、自然そのものである生きづきの声でもある泉の声も聞かれないのだ。そこには、すでに混沌もあがきも去った世界の空虚、静寂があるばかりだ。
ここまで見定めたところでリヴィエールは、視像の客体性について〈詩人の精神の外に、或る対象物を持っているということ、我々の世界は、ある面ではここに定着されている通りに存在するということ、その分裂も混乱も外部から来たものであり、その故に一つの客体を構成している。〉といいランボーの詩の様々な視像（イメージ）に客体性の証明をしようというのだ。次いでランボー自身の書簡が引用される。

彼は未知に到達する。そして遂に気も狂い、自分のみているものの見わけもつかなくなった時、そのとき彼は見たものを見たのである。前代未聞の名付けようもない様々の事物の間を飛び跳ね、遂には彼もくたばってしまおうと、恐るべき他の働き手どもがやって来るのだ。彼の倒れた地平から、また彼らは仕事を始めるだろう。

〈ここで彼と呼んでいるのは、ランボー自身を三人称で呼ぶ表現法である。〉リヴィエールのランボー論の根拠となったであろうと思われるこの書簡は、引用するランボーの詩の断片や、イメージに対する解釈や説明に、ランボー自身が明快に語っている箇所でもあるのだ。〈彼はまさしく見たものを見たのである。〉とのランボーの言葉から、ランボーの詩を読み直す必要があることを思わされる。私たちはともすると、作品を読むのに、作者の意向は何であるのか、というところに気持ちが向かいがちである。しかし、見たものとは、詩人の作品に込める思いとか、自身の意志を作品に投影する行為とはまるで対極にあることがらである。そして〈前代未聞の名付けようもない様々の事物の間を飛び跳ねる〉という視像をもって、詩人をとりまいたその事物はランボーの個性から発せられたものとも受け取りにくい。このことをリヴィエールは次のように言う。

なぜなら、それらの事物は、詩人の死後もなおあり続けるからだ。およそ精神の埒外にそれらの事物は待ち設けている。誰かがそれに辿りつくこともできよう。だからそれは一つの客体である。

イメージ、見たもの、事物、客体、とその言葉の示す意味をじっと見据えてみると、それらは、すでにふれたユングの言う『元型』と強く重なるような感触を私は覚えた。ここまで書き進めてそのことを感じるようになったのではなく、そのことをかなり強く感じていたので、リヴィエールのランボー論を、あえてこの『たわむ鏡』の触手のなかで、扱ってみたいと考えたのだ。〈まさに最初は意外なもの、恐ろしいほどに混沌としたものこそ、深い意味を明かすのだ。〉(元型論)〉との言葉の内実に、ランボーの詩を通してのアプローチなら、ある程度のところまで近づくことができるかも知れないと思ったのだ。実にランボーの詩は、まさに最初は意外なもの、恐ろしいほどに混沌としたものとしての要素を多分にもっているではないか、との感触が私にあったからである。

主体か客体か、そのいずれかを撰ばねばならない。この二つは同時に成長することはできない。一方が完全に花開くためには、他方は踏みにじられなければならない。詩人（ランボー）は理の当然として客体の側に与する。彼は「見者とならねばならない。」とは即ち、自ら視像をでっち上げるのではなく「あらゆる感覚の合理的な扱い」を通じて、視像を受け取る状態に自らを置かねばならないということである。彼は自らの魂を犠牲にする。

（リヴィエール）

このようにランボーの作品行為を捉えるリヴィエールの見方は、かなり偏った見方のようにも思われるのだが、私には望み得ないタイミングで貴重な示唆を与えられた思いがあるのだ。というのは、ランボーの詩に強い刺激をうけ、夢中で読んだ時期は、また多くのランボー論や、ランボーの詩に取り組み、かなりの精通した見解の持ち主と思われる人たちの書いたものを読み漁った時期でもあったのだ。そして、その時期と重なるタイミングで、ユングの元型論は、興味深く刺激を与えられた時期でもあったからである。

リヴィエールは「俺は旅をして、この脳髄に集まり寄ったさまざまな呪縛を、書いてしまわなければならなかった。」と語るランボーの詩のイメージは主観の作り出すものではなく、客体のイメージだと言うのだ。リヴィエールは、まるでそこが選ばれた場所であるかのように集まり寄った視像を表現したランボーに着目したのであり、その視像は客体のものであることを鮮明にしたのだ。

ある特定の詩人に示されるイメージが、真に客体のものであるなら、そのイメージはあきらかに詩人の意志

（意識的に作り出す行為）を超えていると言える。であるなら、それは、神話の発生と類似の精神の泉より生まれるものと思わされる。そしてまたそれはユングの言う『元型』ときわめて近い視像の印象を受けるではないか。神話とか、元型なる言葉で言わないまでも、それは作意による創造ではないと言うのだから、人智を超えたところに、詩の発生源があるように思えてならない。才能とだけ言うことのできない、何か大きな働きがランボーをとらえたように思われたのだ。

＊

天才ランボーが、彼の後に続く世代を生き継ぐ人類の精神に落とした影はことのほか大きかったと言うべきだろう。

それはランボーの心の渇きの深さがもたらしたことであった。そのことを、この小論を書きながらつくづく感じた次第である。ランボーの満たされることのない心の渇きは、結果として「福音は去った」という言葉を呼び込むことになるのだが、それは近代史を見据える智者の言葉ではなく、また、哲学的思考によって至りついた言葉ではないのだ。それは詩人ランボーが直感として感じとったものだった。そのことに対し、「それは西欧思想の行きづまりを示すものである。」とか「西欧文明がもたらした結果としての顚末である。」というような単純な見方による結論付けを私は好まない。

西欧文明の行き詰まり状況からの脱出への道として、東洋に目を向けようという思いを抱く人は、近年この日本においてかなり多いのかも知れない。西欧文明の行き詰まりについては、私も強く感じている。しかし、人が心の渇きを覚え、それに伴って、存在の不条理とか、虚無・空虚を感じるということは、抜き差しならない、深く人間の本性に関わることであるように思うのだ。単純に西欧批判などしたところで、現在の世界的な精神の行き詰まりの出口が見えてくるわけでもないだろう、と思っている。

混迷を深め、人それぞれの価値観も、国際間の在り様に於いても、地球に存在する者としての対応にしても、さまざまに絡み合い、単純には見通せないのが現状である。そのビジョンをここで語ることなどとてもできない。

ここでは、ランボーがその書簡に記した一つのことにふれることにする。受け止め方はさまざまであると思うが、詩をこれからも書こうとするものに、何か手がかりのようなものも含んでいると思うのだ。

ここに引用するのは、ランボーの書簡の断面である。

（書簡が語ろうとする、文面の流れではない。）

・一八七一年五月

ジョルジュ・イザンバール宛ての書簡。

あなたはご自分の原理原則のうちに、主観的な詩しか見ておられない。…略

あなたの主観的な詩が、いつだってひどく味気ない。…略

問題は、あらゆる感覚を狂乱せしめることによって、未知のものに到達することなんです。…略

私とは一個の他者なのです。

・一八七一年五月一五日

ポール・デムニー宛ての書簡。

私というのは、一個の他者なのです。…略

イザンバールとデムニーに宛てた二つの書簡は、見者の手紙として、ランボーを論ずる世界中の詩論家、研究者に扱われる書となった。とりわけ「私とは一個の他者なのです。」は、その後の詩のあり方を巡って、深い議論が交わされたそうである。さらにデムニー宛ての書簡を記す。

賢者であらねばならない。賢者とならねばならない、と僕は言うのだ。…略

彼は未知に到達する。そして遂に気も狂い、自分

のみているものの見わけもつかなくなった時、そのとき彼は見たものを見たのである。…略

彼はとは、ランボー自身を言っているのだ。彼は見たものを見たのである。という表現は、見たことの事実を言っているにとどまらない。まさに、自分は賢者となった。言い方をかえれば、ある悟りを得た。と受け止めるところであろう。他者に徹するのでなければ「見たものを見たのである。」とはならないのであろう。

ランボーは、詩を書こうという立場に於いて、「私」を表現しようという、いわゆる主観的な詩に対して、きわめて懐疑的であった。「私というのは、一個の他者なのです。」と二つの書簡に共通して記したのは、そうした主観的な詩の方法に対する、はっきりとした見解・立場の違いを世に示す態度表明でもあったのだろう。『イリュミナシオン』は、そのことのはっきりとした、試みを実作に於いて示した詩集と言えよう。

＊

ここに掲載したランボーに関する散文は、『たわむ鏡・詩の方法を探る』と題した詩論からの転載であるが、その中の最後の章〈5 ランボーの詩の魅力と難解性を問う〉と題した章の文面に一部加筆修正を加えたものである。それに加え、詩論の末尾に締めくくりの意味もふくめて置いた〈エピローグ〉から、ランボーに関する記述の部分を、無修正のままここに記した。

解説

天野英の仕事
―寓意に満ちた詩的世界への挑戦―

小川英晴

　今日の詩的状況は混沌としている。その理由はいくつかあるが、第一に現代のめまぐるしく移り変わる状況に現代詩が呼応していけないことがあげられる。つまり状況の方が詩より一歩先に進んでしまっているのだ。それと価値観の多様化、これはつまるところ真実を見極める眼差しを持たぬ者が多くなったことが要因の一つとしてあげられる。

　本物と贋物。上っ面の美と真実の美。その区別が出来なくなってきている。これは売れている物が素晴らしいもので、売れていない物は価値が無い、とみなす風潮と歩調を合わせる。それゆえに美の分からぬ若き経営者が何十億もの大金をはたいて現代美術を購入するのだ。そして、その若き経営者は大枚をはたいたことによってマスコミに取り上げられる。このような状況下にあって、詩人の生き方もまた困難であると言わねばなるまい。多くの読者を持たぬ詩人に社会での価値はない。にもかかわらず詩人が詩を書き続けるのは、そこにやむにやまれぬ想いがあるからだ。

　しかしそれは詩人にとっても明確なものではない。詩人は詩を書くことによってのみ、自らの求める世界を明確にするしかないからだ。それゆえに詩人は詩を書き、一生をかけてその足跡を明らかにしてゆく。「人は何処から来て、何処へ行くのか」といった問いは、いつの時代にあっても今日的な問いかけなのだ。

　天野英は一九四一年東京大田区に生まれた。そして三歳のときに東京大空襲により家屋を焼かれる。三つ子の魂百までもということわざがあるが、おそらくこの幼き日の体験が天野英に大きな影響をもたらしたことは想像に難くない。その後色々苦労をして大学を卒業し、本格的に就職をしたが、二年足らずで退職をする。そのときのことを天野は自らの年譜において次のように述べている。

本格的勤務社員として入社した明電舎を二年足らずで退職したのは、仕事が難しいとか、残業時間が多すぎるなどの理由ではなく、（中略）このまま仕事を続けることが、私が充実して生きることになるのかどうかという事であった。お金をもらうことは生きる上で大切なことだ。しかし満たされた生き方とは、それだけのことではないはずだ。生きることの空しい思いと重なり、早期退職の決断となった。

その後詩誌「虹」に参加。「それまで文学には強い関心があり、文学を志す仲間の会に参加したいと思っていた。」ことからも分かるように、天野英はこのときいよいよ文学に目覚め、本格的に取り組むようになる。

一九七四年に出版した『神話的フーガ』は、この詩人の出発にふさわしい印象深い詩集である。おそらくこの時代までは天野にかぎらず多くの詩人が時代と歩調をあわせて次の時代を見通すことが出来たのだ。現代詩が小説に比して脚光を浴びた時代は無いが、それでも当時は、清水昶、清水哲男、森田進、藤井貞和らの活躍もあり、それぞれの詩集が光っていた時代でもあった。天野英の「ジャズの海」ではアメリカ映画の一場面であるような美しい情景が切り取られ、それが瑞々しいイメージをともない語られている。

テナーサックスは
甘美な幻想を引きつれボクの内耳にしみ透る
それは
夜の悲劇の序幕だ
（中略）
ドラムスは
いかなる暗示もともなわず

乾いた現実を引き裂き
いきなり
ボクの心臓の中心で炸裂する

ここでは、ジャズによって触発されたイメージが堰を切ったようにつづられてゆく。瑞々しいイメージとそれに呼応した言葉が、この時代の閉じられていた都会の窓を開け放つのだ。青年達はこの時代、古い因習に縛られていたものを打破し、破壊し、明日の希望を信じて、今日という日をときめきを持って生きたのである。まさにこの時代の神話を天野英はうたいあげようとしているかのように、一行一行が深い実感によって、書きつづられている。切れば血の出る一行を求めて、黙々と詩の世界に沈潜していったこの詩人の熱き想いを『神話的フーガ』から読みとることができる。そして確固たる実感があったからこそ、一生かけて詩を書いてゆくことを、自らの生きる道に定めたことを容易に窺い知ることができる。

当時、私は新宿三丁目にあった「詩歌句」というバーによく通い、そこで池井昌樹、秋亜綺羅、高木秋尾、清水麟造たちと頻繁に夜を徹して詩の話に熱中していた。ときにそこに清水昶や清水哲男が現われて、私たちの会話に参加してくれたことを思い出す。当時も今も新宿には光と影があり、その影の世界に分け入って行くことで、今までにはない特殊な体験を若き詩人たちはしていたように思う。ただし、若き詩人たちがなかなか自らの内面世界に入っていけず悶々としていたのに対し、天野英はこのとき既に、もう一つ深いところで詩を書いていたのだ。

天野の詩を読んでいると、いつのまにか大きな物語の一部分をともに生きている、といった感覚に襲われることがある。それだけの魅力がこの詩人の世界にはあるのだ。ただし、私達の世代が新宿を起点に行動していたように、天野は行動をしていない。むしろ自ら深く沈潜することによって、そこから言葉の余白に息づくこの時代の熱き想いを捉えようとしていたのだろう。そして巨視的な観点に立って現代の神話を描こうとしていたことが窺える。「ぼくはふるえていた」には次のように記されている。

（中略）

さまざまなものたちとの出合にもかかわらず
たどり着く地点が
いつも海であるのはなぜだろう
（中略）
そこには
悲劇と喜劇の数知れぬ誕生がある
笑うことも泣くことも
さしたる変わりはないだろう
（中略）

天野英の世界は、この時代における安住の地を探し求めるためにあるのではなく、もっと大きな神の眼差しから垣間見た世界を書くためにあるように思えてならない。一般的に苦学した詩人の多くが、社会派の詩人をめざしてゆくのに対し、天野は決してそうはならなかった。そのことに、この詩人の強靱な個性を見てとる。政治や社会問題よりも、むしろ宗教や哲学にこの詩人の関心がいっていたことは間違いない。それはこの詩人の一生を貫いている一つの指標にもなっている。

おそらく天野は自分の人生と人類の原風景、原郷とも呼ぶべき世界を見据えて、今日まで詩を書き続けてきたのだろう。『風がゆれる』（一九九一年）の中の一篇「ナルキッソス伝説に」の巻頭には次のような一節がある。

運命の森に　化石のように眠る神話
球形の伝説　それは　私という闇の中を続いている　一筋の湾曲した道である

この三行は必要以上に意味深い。バロックの語源と同様、私達の目前にあるのは直線のように見えても、それは直線ではなく、ゆっくりと湾曲している道なのだ。天野の詩には時折意識下から汲み上げられた言葉によって、新たな命が吹き込まれる。伝統の継承と直観が捉えた世界。その巧みな均衡によって、詩は辛うじて詩としての存在理由を持つ。

均衡を破ること　つまり新しい神話が生まれる為に
球体の内部では
もう一度　眩暈のような死が必要であった

神話的世界を構築するためには、意識するしないにかかわらず、どうしても形而上的世界が必要となってくる。このための困難な道程を天野英は歩いてきたのだ。ゆえに天野の世界に登場する人も風も街も世界も、実際の世界を越えた存在なのだ。村野四郎は村上昭夫の『動物哀歌』の序で次のように興味深いことを述べている。

およそ、実の世界に限られるのは詩の初歩である。そしてまた、実の世界がひく無の影を歌うものも、もはや私たちの感動を呼ばない。
実の世界そのものが、すべて無の世界の影であることを実証されるとき、はじめて私たちは詩的に蒼白になるのである。

おそらく天野は、いまも村野四郎の立った世界を求めて詩を書いているのであろう。それは当然孤高の道であり、またそうでなければならないが、その孤独の深さに打ち勝ってこそ、それはきっと見えてくる世界でもあるのだろう。詩集『冬の薄明の中を』（二〇一五年）の中より、

死とはなにもないこととは違うだろう
光るものもなく
何ものの声もないということとは違うだろう
そうでなければ
「ラザロよ。出てきなさい。」と大声で呼ばれて

布にまかれたまま　出てくるわけがない
ラザロは死にかけていたのではない
死んで四日も経っていたのだ

死が目に見えぬ　触ることもかなわぬ世界という
ところの
ものであるとしても
永遠という時空にあっては
「はい」と応えることはあるのだろう

七十歳になって、ようやく詩人としての境地が見えてきたと言ったらいいだろうか。おそらくこの世には七十歳にならなければ見えては来ない世界がきっとあるのだ。日々淡々と暮らしているようで、私たちの内に蓄積された何かが微妙に反応し、生きること、老いること、そして死にゆくことの意味を教えてくれるのであろう。それを私たちは言葉ではなく、もっと無意識に享受しているのだ。ある脳科学者の話では、人間が何か具体的なことをじっと考えている状態のときには脳の一部分しか使っていないが、ぼうっとしているときにはむしろ脳の活動は全開しているというのだ。おそらく人間の想像力はうつらうつらしているときに培われ、私達はこの世の真理に、ある瞬間触れることが出来るのだ。そうでなければ私達の老いる意味はない。老いてなお生きつづけるのは、生きる理由がきっとそこにあるからなのだ。
私達は、これから何処へいくのか、その答えを天野英の末刊詩篇「妖精の森」の中から探ってみることにしよう。

ある明瞭な光のようなものに導かれるように　ではなく　晴れ渡った都会の錯綜する会話やいかにも楽しげに笑いあう仲間たちの輪というものからもはっきりと離れ　暗がりの中にしか感じない或る充足を予感させる小径というものもあるのだ

やがて舞踏への扉が開かれ、男と女はそれぞれ呼応しあうように昂まり、踊り、やがて、次のような状況に至る。

炎の動きが断末のような瞬時の動きを見せると
間をおかず溶け合った物体は倒れ地に横になった

深夜
二つの身体からのそれぞれの四枝はだらしなく
死人のようにころがっていた

イメージが鮮明に読み手の心に映し出される。この寓話は世界の語り部、つまり天野英の求める世界は、祭りを終えて（ここでは舞踏）地上から消えてゆく人間の無常観をうたっているが、それゆえにこそ一瞬一瞬をひたむきに生きようとする人間の生に光を当てているとも言える。

光と闇、生と死、若さと老い、男と女、一見それぞれが対極にあるようでいて、それはどちらも一つのものから分かれた片鱗でしかない、という事を示唆しているように思われる。私は始めに「人は何処から来て、何処へ行くのか」から語りはじめたが、ここにきてようやく「ここまできた」という思いに満たされた気持ちで作品を読み終えることが出来た。一見何ら変わらぬ日常のその積み重ねによって、積み重ねられた詩的営為が、こうして一つの高みに至るのを目前にしてみると、老いることもそう悪いことでは無いなという気持ちにさえさせられる。

さて、ここでもう一仕事天野英にしてほしいと願うのは私一人ではあるまい。むしろ、老いてなお詩を書き続けて欲しいと願うのは、私が老いること、愛する人との死別を体験し、その無常観の中から、今までにない新境地が見えてきた事と無縁ではない。初志貫徹という言葉があるが、天野英の仕事を見ていると、まさに初心を忘れず、今もその道を歩き続けている一人の詩人の姿が思い浮かぶ。年は老いても心は青年のまま、それこそ真の詩人の生き方ではあるまいか。

年譜

天野 英 年譜

一九四一年（昭和十六年）
　六月二十四日、東京都大田区蒲田の家で生まれる。父代田和夫、母よしの、の長男として生れる。本名、代田《しろた》勉《つとむ》。父は日立製作所社員。
　一九四四年末からの米軍の東京大空襲により日立製作所と家屋被害により、家族ぐるみ会社の移動と同時に茨城県勝田に転居。
一九四五年（昭和二十年）
　四月、会社提供の住宅での生活となる（三歳）。
一九四六年（昭和二十一年）
　十一月十日、弟代田正明誕生（五歳）。
一九四八年（昭和二十三年）
　四月、小学校入学（六歳）。同年十二月父死亡（七歳）。
一九四九年（昭和二十四年）
　四月、東京都葛飾区立渋江小学校に転校。以後母の手により育てられた。母は日本専売公社社員となり、定年まで勤務。生計、子育てを一手に担った。葛飾の家は祖母の親族の持家で、祖父、祖母、母、私、弟五人暮らしとなった。住所は東京都葛飾区本田渋江町七三七番地。祖父は近所の鉄工場で旋盤工として非正規勤務の仕事をしていた（七歳）。
一九五四年（昭和二十九年）
　三月、小学校卒業（十二歳）。
　同年四月、葛飾区立中川中学校入学。
一九五七年（昭和三十二年）
　三月、同中学校卒業。
　四月、東京都立向島工業高校電気科、夜間部に入学。昼は学費の為、学校に近いゴム製造会社に勤務。労働の疲れで、勉学との両立困難と思い高校と会社勤務双方を取りやめ、昼間高校入学に方針変更した。母には方針変更に対する私の強い思いを受け止めて貰った（十五歳）。
一九五八年（昭和三十三年）

四月、都立本所工業高校電気通信科に入学。学費は奨学金を利用（十六歳）。

一九六一年（昭和三十六年）

三月、都立本所工業高校卒業。

四月、明電舎に入社（十九歳）。

一九六三年（昭和三十八年）　二十一歳
一月十一日、明電舎を退職。

本格的勤務社員として入社した明電舎を二年足らずで退職したのは、仕事が難しいとか、残業時間が多すぎるなどの理由ではなく、このまま仕事を続けることが、私が充実して生きることになるのだろうかと考えた結果である。生きることの空しい思いとも重なり、早期退職の決断となった。比較的自己の時間が持てそうな、国家公務員試験を受け合格となる。

四月三十日、国家公務員厚生省聴覚言語センターへ採用面接に行き採用となる。そこでは音響技師として勤務。

一九六四年（昭和三十九年）　二十二歳
四月、東京電機大学電子工学科二部入学。

公務員勤務は、医師の下で働く仕事であったが、医師の行為の中心は脳の働きに関する研究を聴覚を通して行うもので、その研究のための測定や測定用具作り、と外来聴力障害者の聴覚検査であった。かなりの余裕時間があり、ほぼ残業もなかった。そこで夜間の大学に行こうと判断した。音響技師としての職務に無関係な学部の選択はしにくく、工学系とした。

五月、日本詩文学「虹」グループ（会員数約三十人）に入会。代表南澤忠雪。詩誌「虹」は二ヶ月に一回偶数月に発行。毎月一回例会があり詩誌発行月は合評会奇数月はテーマ討論会を行った。

それまで文学には強い関心があり、文学を志す仲間の会に参加したいと思っていた。それまでは主に小説を読み、童話や詩も若干読んだ。主な小説は日本では夏目漱石、志賀直哉、芥川龍之介、谷崎潤一郎、太宰治、宮沢賢治等。海外作家ではシェイクスピア、ドストエフスキー、パステルナーク、アンデルセン、バルザック、ゲーテ等。
「虹」の会入会後は、まともな詩が書けるようになりたいと、文学の興味は大方詩に傾くことになった。
一九六五年（昭和四十年）　二十四歳
十二月二十四日、日本キリスト教団の教会で受洗（自分の中で何か決定的変化が必要だった）。
半年ほどで教会を去る。理由は、聖書に「見よ凡てが新しくなりました。」とあるにもかかわらず、自分は全く変わることなく、なお惨めのままであると認識した為。
一九六七年（昭和四十二年）　二十六歳
創価学会に入会。学生部員となる。南無妙法蓮華経の唱題目と、日蓮の御所からは生きるということ（命）について強烈なものを受けた。
一九六八年（昭和四十三年）　二十六歳
三月、東京電機大学電子工学科卒業。
同月、卒業に合わせ公務員を退職。大学卒業後は、その時々の思いや事情で、会社を転々とする事になる。
六月、生駒商事に入社。
生駒商事選択の理由は、ドイツ・アグファ社の製品拡販を新規事業として開始する、ということで新鮮味を感じた。開発営業ということで、全国行脚の仕事であった。同年中頃、当時社外採用の専務なる杉浦という上司に、今の仕事の見通しは良くない。別の企業の立ち上げを考えている。そのうち声を掛けるからと言われる。
一九六九年（昭和四十四年）　二十七歳
三月十一日付けで退職。同日付けで、新規立ち上げ企業なる㈱テイアイテイ社員となった。そこはプリント基板製造の専門会社で杉浦氏は社長。品質管理をお願いするとのこと。社員二十名ほど。パート五名ほどで始めるが、体制は整わず生産開始にはなおかかった。ぼちぼち製品出荷も始まり、日立製作所社員の工場視察などがあった。七〇年末になると、資金調達の困難などが噂されだし、工場閉鎖の事態となる。管財人処理の期間八名ほどの社員が成り行き確認と盗難防止の為会社に詰めた（一九七一年二月、㈱テイアイテイ倒産）。

同年、「虹」グループの仲間三人（天野英、国分実、遠藤泰）で同人誌「地層」を発行。四号まで発行したが意見あわず自然消滅となった。

一九七一年（昭和四十六年）　二十九歳
五月六日、東洋電子開発㈱に入社。従業員五十名ほどで中堅電機会社納入の実装基板製造と一部回路設計の会社。

六月十二日、平明美と結婚（代田明美）する。平明美は一九六八年「虹」グループに入会し虹同人となる。結婚を機に二人の新住居を横浜市戸塚区とした。

一九七二年（昭和四十七年）　三十歳
六月二十二日、長男純生誕生。

一九七三年（昭和四十八年）　三十一歳
三月、横浜市戸塚区を拠点とした同人誌「地平線」グループを結成（代表を務める）。山岸秀章、堀場康一ほか、計八名で季刊詩誌「地平線」発行。

地平線の会は基本的に毎月会合をおこない、テーマ学習など充実した会であったが、大学入試準備等に入る仲間など欠席会員が増え、途中消滅の形となった。

十月一日、東洋電子開発㈱を退職。給与安く生活困難が理由。

同月、東京都府中市清水が丘に住居を移す。

同月、創価学会を退会。理由は日蓮の深遠なる仏教思想に対して、まわりの会員の意識は身辺に関する願い事のみを問題にしていて、私の求めるものと異なり退会した。

一九七四年（昭和四十九年）　三十二歳
一月、㈱三電舎に入社。この会社は日本専売公社生産設備として必要な制御基板等の設計製作納入がメインの仕事で、入社当初は回路設計に従事。一九八〇年当時営業課長が退職、困ったネとの社長の声に、営業をやってもいいですよと答えると、営業・技術兼任の部長とされた。次年度には平取締役とされる。

一月七日、長女菜穂子誕生。

十一月一日、第一詩集『神話的フーガ』（私家版）を出版、発行者：代田明美。発行所・地平線出版部。

詩集『神話的フーガ』の作品は大部分、詩誌「虹」に掲載した作品だが一部詩誌「地平線」掲載詩が含まれる。

一九七六年（昭和五十一年）　三十五歳

十二月一日に現在居住の住宅を購入、川越市寺尾に移転。

一九八二年（昭和五十七年）　四十歳

四月十七日、㈱三電舎倒産。

新社長経営の中、一つには防災部門の売り上げ不良があった。また、新規開発製品を売り出したいというベンチャー技術者がファクシミリの話を持って来て、新社長は企業立て直しの渡りに船と話に乗ったが容易に完成品とならず、開発費が膨れ資金難となり倒産。

六月二十一日、㈱コニカシステム機器に入社。この会社はコニカ資本の系列会社でカラー写真関連の処理機械、コピー機、医用機器などの開発設計並びに試作・生産という一連の仕事をコニカと共同で進める会社。この会社には定年退職まで二十年間勤務。ほぼ設計開発に従事。終わり近い三年ほどを生産技術に携わる。

一九八三年（昭和五十八年）　四十二歳

八月二十日、次女恵美誕生。

一九八九年（昭和六十四年）　四十八歳

詩誌「虹」に一年に亘って「失語の原点をめぐって」と題する石原吉郎小論を掲載。詩誌「虹」八六号から九一号まで（二段組み二ページ）。この詩人論は石原吉郎のラーゲリ体験から現在に至る多くのエッセーを中心に詩作品からの引用も交えたもので、当時夢中になっていた詩人であったので、自己整理の意味もあって、書かずにいられなかった。終了時、四十八歳。

一九九一年（平成三年）　五十歳

六月、詩集『風がゆれる』発行。発行者：南澤忠雪、日本詩文学普及会発行。

詩集『風がゆれる』に掲載した作品は「風がゆれる」の表題で詩誌「虹」に掲載し続けた詩篇の一部を割愛した作品群で、いわば詩誌「虹」に掲載した「風がゆれる」は詩集を意識した一連の詩であった。

一九九五年（平成七年）　五十四歳

八月、御代田夏のキャンプに参加。これはキリスト者の集いで、妻明美（明美は結婚前からのクリスチャン）に誘われ参加した。四泊五日のキャンプであった。そこで初めてドイツのゴットホルド・ベック宣教師に逢った。ベック兄のメッセージを中心に洗礼式もあり、器楽演奏、合唱、何人もの証があり、取分け礼拝の賛美では、明らかな主の臨在を感じ、自分も主に包まれていると感じて流れる涙を留めることが出来なかった。主との出会いに感動する初めての体験であった。自分はこれからどうなるのだろうと思った。その集会は吉祥寺キリスト集会という教団であった。

（礼拝）拠点は全国にあり、時置かず川越集会の礼拝に参加することになった。

十二月二十四日、御代田国際福音センターにてゴットホルド・ベック宣教師より、キリストの洗礼を受ける。

この洗礼に関してはベック兄にかつてキリスト教団にて、受洗したことがあると伝えると、どのような洗礼でしたか、と聞かれ頭に水を掛ける滴礼であったと伝える。それでは改めて浸礼の受洗をしましょうといわれた。大きな水槽に全身頭ごと浸った。

二〇〇一年（平成十三年）　五十九歳

一月七日、川越集会の礼拝の場で、初めてのメッセージ当番をするようになる。二月十八日は相模原集会での礼拝の場でのメッセージ、次いで四月川越、五月相模原、六月は沖縄での土曜夜家庭集会でのメッセージと日曜礼拝でのメッセージを命じられる。メッセージは聖書が伝えるところを、語り伝えるもので、礼拝でのメッセージは五十分前後、家庭集会では四十分前後が通常となっている。このメッセージは始め、三箇所の集会にて三ヶ月に一回の当番とされた。結果毎月、集会所当番とされた。沖縄については夜の家庭集会と、次の日曜礼拝と二回のメッセージとなっていた。日本全国メッセージの当番表はベック兄が作っていた。

　メッセージ当番を言い渡された故に、聖書をよく読み（神学書も読み）メッセージを伝えるための準備作業が私の生き方の中心のこととなった。

二〇〇二年（平成十四年）　六十歳

　四月一日、㈱コニカシステム機器を定年退職。

二〇〇五年（平成十七年）　六十三歳

　三月二日、「文芸川越」の詩部門編集委員となる。前任者：柴田恭子氏の推薦による。

「文芸川越」は毎年二月発行。二六号から編集に携わり現在四〇号まで継続して編集委員を続けている。

　九月、川越市在住の詩が好きな人達に呼びかけ「詩を考える会」を立ち上げた。呼びかけに応じ初回集まったのは二十三名。呼びかけの主旨を説明し一緒にやりましょう、ということでスタートした。

「詩を考える会」は国内外の優れた詩人の作品や詩論などに絶えず触れながら、互いに自らの作品の質的向上を目指すために、毎月一回会合を持った。三ヶ月ごとに参加者各位の自作詩を読みあい合評会を行った。他の月はテーマをきめて知られた詩人の作品や詩論について話し合いを行った。最終は二十七回で二〇〇七年十一月。この日は詩誌「プリズム」発行に向けての準備会となった。

二〇〇八年（平成二十年）　六十六歳

　四月、詩誌「プリズム」創刊号発行（代表を務め現在に至る）。参加者は十二名であった。順次年三回発行。

二〇〇九年（平成二十一年）　六十八歳

　埼玉詩人会会員となる。鈴木東海子氏の推薦。

二〇一〇年（平成二十二年）　六十八歳

　四月、末の娘恵美は、皆川孝介と離婚。このことにより吉祥寺キリスト集会の三名の兄弟の名義による「勧告」なる文書を手渡された。その文面は私と私の家族が礼拝に出て、祈りまた賛美をしないように記されていた。集会責任者のベック兄に尋ねたところ、娘の離婚にはその父母の責任が伴う、とのこと。

結果二〇一〇年五月、家族全員。吉祥寺キリスト集会を離れることとなる。

キリスト集会でのメッセージ当番も五月川越礼拝を以て全て終了。メッセージ回数は計百十九回。

二〇一一年（平成二十三年）　七十歳

七月、埼玉詩人会総会にて理事に着任。

十一月十五日、詩集『泉』を発行。発行所：土曜美術社出版販売。

二〇一二年（平成二十四年）　七十一歳

八月、埼玉詩人会の「埼玉詩集」第一六集発行の計画が告げられ、編集をやりますと手を挙げ、同九月刊行計画スケジュール表を作成、編集統括者となる。

二〇一三年（平成二十五年）　七十一歳

五月二十日、埼玉詩集十六集を発行。二百六十八頁の単行本。発行所：埼玉詩人会。総編集委員十二名。

十月一日、詩論『たわむ鏡―詩の方法を探る』を発行。発行所：プリズムの会、発行者：代田勉。詩の方法を探るとは、詩と真に深い交わりの位置に立つためにどのような方法が可能であるかということである。

二〇一四年（平成二十六年）　七十二歳

四月二十日、母、代田よしの、急性心不全にて死亡（九十九歳）。

二〇一五年（平成二十七年）　七十四歳

十月十日、詩集『冬の薄明の中を』を発行。発行所：土曜美術社出版販売。

二〇一六年（平成二十八年）　七十四歳

三月十九日、『冬の薄明の中を』で埼玉文芸賞の詩部門賞を受賞。賞状発行者は上田清司埼玉県知事。

二〇一七年（平成二十九年）　七十六歳

六月、日本詩人クラブ総会にて理事に任命される。

一年間は「詩の学校」と「新しい詩の声」の担当の任を務める。二〇一八年総会後は「新しい詩の声」という事業に集約され、その事業として、詩人クラブ以外の方で詩に興味のある方の詩作品を公募して、優秀賞を選考の上賞金と賞状にて讃える。また「フォローアップセミナー」の名で、応募者全員を対象にさらなる詩作に興味を覚えるような会を実行した。それに加え「現代詩セミナー」という催しを計画し、会員・会員外の方々との交流と学びの会合を実施した。

現住所　〒350—1141
埼玉県川越市寺尾619—34

新・日本現代詩文庫148　天野《あまの》　英《えい》詩集

発行　二〇二〇年三月十日　初版

著者　天野　英
装丁　森本良成
発行者　高木祐子
発行所　土曜美術社出版販売
〒162-0813　東京都新宿区東五軒町三―一〇
電話　〇三―五二二九―〇七三〇
FAX　〇三―五二二九―〇七三二
振替　〇〇一六〇―九―七五六九〇九
印刷・製本　モリモト印刷
ISBN978-4-8120-2556-7　C0192

新・日本現代詩文庫

土曜美術社出版販売

- ⑭ 小林登茂子詩集　解説 高橋次夫・中村不二夫
- ⑭ 万里小路譲詩集　解説 近江正人・青木由弥子
- ⑭ 稲木信夫詩集　解説 広部英一・岡崎純
- ⑭ 清水榮一詩集　解説 高橋次夫・北岡淳子
- ⑭ 細野豊詩集　解説 北岡淳子・下川敬明・アンバル・パスト
- ⑭ 川中子義勝詩集　解説 中村不二夫
- ⑭ 山岸哲夫詩集　解説 井坂洋子・藤本真理子・苗村吉昭・武田肇
- ⑭ 天野英詩集　解説 小川英晴

〈以下続刊〉

- 愛敬浩一詩集　解説 村嶋正浩・川島洋・谷内修三
- 山田清吉詩集　解説〈未定〉
- 丹野文夫詩集　解説〈未定〉

- ① 中原道夫詩集
- ② 坂本明子詩集
- ③ 高橋英司詩集
- ④ 前原正治詩集
- ⑤ 三田洋詩集
- ⑥ 本多寿詩集
- ⑦ 小島禄琅詩集
- ⑧ 新編菊田守詩集
- ⑨ 出海溪也詩集
- ⑩ 柴崎聰詩集
- ⑪ 相馬大詩集
- ⑫ 桜井哲夫詩集
- ⑬ 新編島田陽子詩集
- ⑭ 新編真壁仁詩集
- ⑮ 南邦和詩集
- ⑯ 星雅彦詩集
- ⑰ 井之川巨詩集
- ⑱ 新々木島始詩集
- ⑲ 小川アンナ詩集
- ⑳ 新編井口克己詩集
- ㉑ 新編滝口雅子詩集
- ㉒ 谷 敬詩集
- ㉓ 福井久子詩集
- ㉔ 森ちふく詩集
- ㉕ しま・ようこ詩集
- ㉖ 腰原哲朗詩集
- ㉗ 金光洋一郎詩集
- ㉘ 松田幸雄詩集
- ㉙ 谷口謙詩集
- ㉚ 和田文雄詩集
- ㉛ 新編高田敏子詩集
- ㉜ 皆木信昭詩集
- ㉝ 千葉龍詩集
- ㉞ 新編佐久間隆史詩集
- ㉟ 長津功三良詩集
- ㊱ 鈴木亨詩集
- ㊲ 埋田昇二詩集
- ㊳ 川村慶子詩集
- ㊴ 新編大井康暢詩集
- ㊵ 米田栄作詩集
- ㊶ 池田瑛子詩集
- ㊷ 遠藤恒吉詩集
- ㊸ 五喜田正巳詩集
- ㊹ 森常治詩集
- ㊺ 和田英子詩集
- ㊻ 伊勢田史郎詩集
- ㊼ 鈴木満詩集
- ㊽ 曽根ヨシ詩集
- ㊾ 成田敦詩集
- ㊿ ワシオ・トシヒコ詩集
- 51 高田太郎詩集
- 52 大塚欽一詩集
- 53 香川紘子詩集
- 54 井元霧彦詩集
- 55 高橋次夫詩集
- 56 上手宰詩集
- 57 網谷厚子詩集
- 58 門田照子詩集
- 59 水野ひかる詩集
- 60 丸本明子詩集
- 61 村永美和子詩集
- 62 藤坂信子詩集
- 63 門林岩雄詩集
- 64 新編原民喜詩集
- 65 新編濱口國雄詩集
- 66 日塔聰詩集
- 67 武田弘子詩集
- 68 大石規子詩集
- 69 吉川仁詩集
- 70 尾世川正明詩集
- 71 岡隆夫詩集
- 72 野仲美弥子詩集
- 73 葛西洌詩集
- 74 只松千恵子詩集
- 75 鈴木哲雄詩集
- 76 桜井さざえ詩集
- 77 森野満之詩集
- 78 坂本つや子詩集
- 79 川原よしひさ詩集
- 80 前田新詩集
- 81 石黒忠詩集
- 82 壺阪輝代詩集
- 83 若山紀子詩集
- 84 香山雅代詩集
- 85 古田豊治詩集
- 86 福原恒雄詩集
- 87 黛元男詩集
- 88 山下静男詩集
- 89 赤松徳治詩集
- 90 梶原禮之詩集
- 91 前川幸雄詩集
- 92 なべくらますみ詩集
- 93 津金充詩集
- 94 中村泰三詩集
- 95 和田攻詩集
- 96 藤井雅人詩集
- 97 馬場晴世詩集
- 98 鈴木孝詩集
- 99 久宗睦子詩集
- 100 水野るり子詩集
- 101 岡三沙子詩集
- 102 星野元一詩集
- 103 清水茂詩集
- 104 山本美代子詩集
- 105 武西良和詩集
- 106 竹川弘太郎詩集
- 107 酒井力詩集
- 108 一色真理詩集
- 109 郷原宏詩集
- 110 永井ますみ詩集
- 111 阿部堅磐詩集
- 112 新編石原武詩集
- 113 長島三芳詩集
- 114 柏木恵美子詩集
- 115 近江正人詩集
- 116 名古きよえ詩集
- 117 新編石川逸子詩集
- 118 佐藤真里子詩集
- 119 河井洋詩集
- 120 戸井みちお詩集
- 121 金堀則夫詩集
- 122 三好豊一郎詩集
- 123 古屋久昭詩集
- 124 佐藤正子詩集
- 125 川端進詩集
- 126 桜井滋人詩集
- 127 葵生川玲詩集
- 128 今泉協子詩集
- 129 柳内やすこ詩集
- 130 新編甲田四郎詩集
- 131 大貫喜也詩集
- 132 今井文世詩集
- 133 中山直子詩集
- 134 林嗣夫詩集
- 135 柳生じゅん子詩集
- 136 原圭治詩集
- 137 森田進詩集
- 138 水崎野里子詩集
- 139 比留間美代子詩集
- 140 内藤喜美子詩集

◆定価（本体1400円＋税）

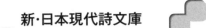